AUSTRAL JUVENIL

Título origin.
Ramona and

Diseño colecció.
Miguel Ángel Pacheco

BEVERLY CLEARY
RAMONA Y SU PADRE

TRADUCCIÓN DE GABRIELA BUSTELO
ILUSTRACIONES DE ALAN TIEGREEN

ESPASA CALPE, S.A. MADRID

Novena edición

Primera edición: abril, 1987
Novena edición: mayo, 1996

Dibujo cubierta: *Juan Ramón Alonso*
Editor original: William Morrow and Company, Nueva York

© Berverly Cleary, 1975, 1977
© Ed. cast.: Espasa Calpe, S. A., Madrid, 1987

Depósito legal: M. 16.906—1996
ISBN 84—239—2770—9

Impreso en España/Printed in Spain
Impresión: UNIGRAF, S. L.

Editorial Espasa Calpe, S. A.
Carretera de Irún, km 12,200. 28049 Madrid

Beverly Cleary, la autora, nació en una pequeña
ciudad en el Estado de Oregón.
Se graduó en la Universidad de Berkeley
y más tarde estudió en la Escuela de Bibliotecarios
de la Universidad de Washington,
especializándose en bibliotecas infantiles.
En 1940 se casó y se trasladó a California,
donde nacieron sus dos hijos gemelos: un niño y una niña.
En 1955 publicó su primer libro para niños.
Desde entonces ha escrito casi treinta libros
que han merecido innumerables premios.
Unos, otorgados por prestigiosos organismos
por su importante contribución
a la literatura infantil y juvenil; otros,
concedidos por votación entre los jóvenes lectores.
En esta colección ha publicado
Querido señor Henshaw (AJ 66),
galardonado con la **Medalla Newbery, 1984,**
Ramona empieza el curso (AJ 91), *Ramona
y su madre* (AJ 103) y *¡Viva Ramona!* (AJ 120).
Las aventuras de Ramona han inspirado
una popular serie de televisión.

Alan Tiegreen es un conocido dibujante
norteamericano. Actualmente vive con su familia
en Atlanta, Georgia, y enseña ilustración
en la Universidad de dicho Estado.
Con las ilustraciones de los cinco libros de Ramona
ha conquistado a los niños de todos los países
en los que se ha traducido esta divertida serie.

1

El día de cobro

—¡Yi-i-ip! —cantaba Ramona una tarde cálida de septiembre.

Estaba de rodillas en la silla de la cocina disponiéndose a hacer su lista de Navidad. Había pasado un buen día con sus compañeros de segundo de E.G.B. y estaba deseando hacer la lista. Para Ramona, una lista de Navidad era la lista de regalos que esperaba recibir, no una lista de regalos que pensara hacer.

—¡Yi-i-ip! —volvió a cantar.

—Gracias a Dios que hoy es día de cobro —comentó la señora Quimby mientras abría la nevera para ver qué podía poner de cena.

—¡Yi-i-ip! —cantó Ramona mientras escribía *ratones* o *hamster* en su lista con una cera de color morado.

Junto con el día de Navidad y el de su cumpleaños, el día de cobro de su padre era uno de sus preferidos. El día de cobro de su padre siempre significaba alguna sorpresa. El día de cobro de su madre, que trabajaba durante media jornada en la consulta de un médico, significaba que podían pagar los plazos del dormitorio que los Quimby habían añadido a la casa cuando Ramona estaba en primero.

—¿A qué viene tanto «yip»? —preguntó la señora Quimby.

—Así doy una muestra de júbilo ante el Señor, como dicen en clase de religión —explicó Ramona—. Pero como no nos dicen cuál es la muestra de júbilo, me la he inventado.

Viva y *yupi,* que eran muestras de júbilo para Ramona, no le sonaban del todo bien, y se había decidido por *yip,* porque le parecía alegre, pero no gamberro.

—¿Pasará algo por decirlo? —preguntó mientras empezaba a añadir *pájaro indio que habla* a su lista.

—Puedes decir «yip» todo lo que quieras —la tranquilizó la señora Quimby.

Ramona escribió *reloj de cuco* en la lista mientras intentaba adivinar cuál sería el re-

galo de este día de cobro. Quizá, como era viernes, irían todos al cine si sus padres encontraban una película adecuada. Tanto Ramona como su hermana mayor, Bea, que de verdad se llamaba Beatriz, estaban intrigadas con lo que pasaba en todas esas películas. Tenían pensado averiguarlo en cuanto fueran mayores. En eso sí que estaban de acuerdo.

También era posible que su padre viniera con algún regalo, un paquete de papel de colores para Ramona, un libro para Bea.

—A ver si se me ocurre algo interesante, para combinar con la carne asada que ha sobrado y con los restos de coliflor con bechamel —comentó la señora Quimby.

«Restos, ¡puaj!», pensó Ramona.

—Puede que papá nos lleve a cenar a un Burger, por ser día de cobro —dijo.

Una hamburguesa blanda y jugosa, bien sazonada, con patatas fritas, crujientes por fuera y hechas por dentro, y un cubilete de papel con ensalada de repollo, era el mejor regalo de un día de cobro. Ramona se sentía protegida y a gusto, comiendo todos en una mesa redonda con un asiento corrido alrededor. Bea y ella nunca se peleaban en el Burger.

—Buena idea —dijo la señora Quimby cerrando la nevera—. Haré todo lo posible.

Entonces entró Bea en la cocina por la puerta de atrás, dejó caer los libros encima de la mesa y se desplomó en una silla con un suspiro ruidoso.

—¿Ocurre algo? —preguntó la señora Quimby sin darle demasiada importancia.

—Ya nadie me divierte —se quejó Bea—. Enrique se pasa todo el día entrenando en la pista de carreras de los mayores, preparándose para ir a las Olimpiadas dentro de ocho o diez años, o se pone con Roberto a estudiarse un libro de récords mundiales, intentando descubrir qué récord pueden batir, y María se pasa todo el día haciendo prácticas de piano —Bea volvió a suspirar—. Y la señora Mester dice que vamos a hacer un montón de textos libres, y odio los textos libres. No entiendo por qué me ha tenido que tocar de profesora la señora Mester en séptimo.

—Escribir textos libres no es tan malo como dices —dijo la señora Quimby.

—Tú no lo entiendes —se quejó Bea—. Nunca se me ocurren historias, y mis poesías siempre son del estilo de «En el árbol hay un colibrí. Está cantando para mí.»

—Tararí, tararí —añadió Ramona sin pensarlo.

—Ramona —dijo la señora Quimby—. Eso no era necesario.

Como Bea había estado tan gruñona últimamente, a Ramona no le apatecía mucho disculparse.

—¡Pesada! —dijo Bea.

Al fijarse en lo que estaba haciendo Ramona, añadió:

—Menuda tontería hacer una lista de Navidad en septiembre.

Ramona eligió una cera de color naranja con mucha tranquilidad. Ya estaba acostumbrada a que la llamaran pesada.

—Si yo soy una pesada, tú eres un huevo de dinosaurio podrido —informó a su hermana.

—Madre, dile que se calle —dijo Bea.

Ramona sabía que cuando Bea decía eso, era porque se consideraba vencida. Era mejor cambiar de tema.

—Hoy es día de cobro —le dijo a su hermana—. A lo mejor vamos a cenar al Burger.

—¿Es verdad, madre?

A Bea se le pasó el mal humor y cogió a *Tiquismiquis,* el gato viejo y despeluchado de los Quimby. Éste soltó un maullido ronco cuando Bea le acarició el pelo amarillento con la mejilla.

—Haré todo lo posible —dijo la señora Quimby.

Sonriendo, Bea soltó a *Tiquismiquis,* cogió sus libros y se fue a su cuarto. Bea era de las que hacen los deberes el viernes, en vez de dejarlos para el domingo a última hora.

Ramona preguntó en voz baja:

—Madre, ¿por qué estará Bea de tan mal humor últimamente?

Si su hermana oía esta pregunta se armaría un buen lío.

—No le hagas caso —susurró la señora Quimby—. Está en una edad difícil.

A Ramona le pareció que esa excusa tan vaga podía servirle a ella también para justificar su comportamiento.

—Yo también —le confió a su madre.

La señora Quimby dio un beso a Ramona en la cabeza.

—No seas boba —le dijo—. Es que Bea está pasando una etapa especial. Ya cambiará.

En la casa había un ambiente plácido y a las tres mujeres de la familia les apetecía ir a cenar al Burger. Todos juntos pasarían una noche agradable. Siempre les atendía una camarera muy simpática que decía «Aquí tienen», al ponerles las hamburguesas y las patatas en la mesa.

Ramona ya había decidido pedir una hamburguesa con queso, cuando oyó el ruido de las llaves de su padre en la puerta principal.

—¡Papá, papá! —chilló mientras se bajaba de la silla para ir corriendo a recibirle—. ¿A que no sabes qué?

Bea, que había salido de su cuarto, contestó antes de que su padre pudiera adivinarlo.

—¡Madre dice que a lo mejor vamos a cenar al Burger!

El señor Quimby sonrió y dio un beso a sus hijas.

—Tomad. Os he traído un regalito.

Sin embargo, no parecía estar tan contento como otras veces. Había tenido un día difícil en la oficina de la empresa de transportes en la que trabajaba.

Sus hijas se abalanzaron sobre la bolsa y la abrieron juntas.

—¡Ositos de goma! —exclamaron con alegría.

Los ositos masticables eran la golosina que se había puesto de moda en el colegio Glenwood aquel otoño. La gelatina en polvo había ocupado el primer puesto en primavera.

El señor Quimby siempre se acordaba de esas cosas.

—Venga, ya podéis ir a repartirlos entre las dos —dijo el señor Quimby—. Tengo que hablar con vuestra madre.

—Acordaos de que tenéis que cenar ahora —dijo la señora Quimby.

Las niñas se llevaron la bolsa al cuarto de Bea y desparramaron todos los ositos de goma encima de la colcha. Primero repartieron los osos rojos, de sabor a canela; uno para Bea, uno para Ramona, y así. Después, repartieron los osos naranjas y los verdes, y cuando estaban a punto de repartir los amarillos, se dieron cuenta de que su padre y su madre habían dejado de hablar. La casa estaba en absoluto silencio. Las hermanas se miraron. Había algo extraño en aquel silencio. Inquietas, se quedaron atentas esperando oír algún ruido y, entonces, sus padres empezaron a hablar en voz baja. Bea se acercó a la puerta, de puntillas, y se quedó escuchando.

Ramona le mordió la cabeza a un osito de goma. Los pies los dejaba siempre para el final.

—A lo mejor están preparando una sorpresa gigante —sugirió, negándose a preocuparse.

—No creo —susurró Bea—, pero no oigo lo que dicen.

—Inténtalo por los tubos de la calefacción —susurró Ramona.

—Eso no sirve —dijo Bea, esforzándose por captar las palabras de sus padres—. Creo que ha pasado algo.

Ramona hizo dos montones con sus ositos de goma, uno para comer en casa, el otro para llevarlo al colegio y dar a sus amigos si se portaban bien con ella.

—Ha debido pasar algo. Algo horrible —susurró Bea—. Lo sé por la forma en que hablan.

Bea estaba tan horrorizada que Ramona también se asustó. ¿Qué habría pasado? Intentó pensar qué podía haber hecho ella para que sus padres hablaran así; pero ella se había portado bien últimamente. Por más vueltas que le daba, no se le ocurría ningún motivo de preocupación. Eso la asustó más todavía. Ya no le apetecía ni siquiera comer ositos de goma. Lo que quería era saber por qué sus padres susurraban de una forma que a Bea le resultaba preocupante.

Finalmente, las niñas oyeron a su padre decir en una voz normal:

—Me parece que me voy a duchar antes de cenar.

Ramona se tranquilizó con ese comentario.

—¿Qué hacemos ahora? —susurró Bea—. Me da miedo salir.

La preocupación y la curiosidad, sin embargo, hicieron que Bea y Ramona salieran al pasillo.

Intentando aparentar que no sentían ninguna inquietud, las niñas entraron en la cocina, donde la señora Quimby estaba sacando las sobras de la nevera.

—Me parece que finalmente vamos a cenar en casa —dijo con aspecto triste y preocupado.

Sin que hubiera que decírselo, Ramona puso cuatro mantelitos individuales en la mesa del comedor, con el dibujo hacia arriba. Cuando se enfadaba con Bea, le colocaba su mantelito del revés.

La señora Quimby miró la coliflor con bechamel y puso cara de asco. La volvió a meter en la nevera y sacó una lata de judías verdes antes de reparar en sus hijas silenciosas y preocupadas, que la estaban observando en busca de alguna pista de lo que pasaba.

La señora Quimby se volvió hacia ellas.

—Niñas, será mejor que os lo diga. Vuestro padre se ha quedado sin trabajo.

—Pero, si le gustaba su trabajo —dijo Ramona, pensando con tristeza en la hamburguesa y las patatas fritas y la mesa redonda y agradable.

Sabía que su padre había dejado algunos trabajos porque no le gustaban, pero era la primera vez que se quedaba sin trabajo.

—¿Le han echado? —preguntó Bea atónita ante la noticia.

La señora Quimby abrió la lata de judías

verdes y la vació en una sartén antes de explicar:

—Vuestro padre no se ha quedado sin trabajo por culpa suya. Estaba trabajando en una empresa pequeña. Una empresa grande ha comprado la empresa pequeña y la mayoría de la gente que trabajaba en la empresa pequeña se ha tenido que marchar.

—Pero entonces, vamos a andar muy mal de dinero —dijo Bea, que sabía más que Ramona de estas cosas.

—Madre trabaja —le recordó Ramona.

—Sólo media jornada —dijo la señora Quimby—. Y tenemos que seguir pagando al banco los plazos de la habitación nueva. Precisamente por eso, empecé a trabajar.

—¿Qué vamos a hacer? —preguntó Ramona, que había acabado asustándose.

¿Se quedarían sin comer? ¿Vendrían los señores del banco a tirar la habitación nueva al ver que no la pagaban? Nunca se había planteado la posibilidad de no tener dinero, aunque los Quimby nunca andaban precisamente sobrados. A pesar de que Ramona había oído a su madre quejándose a menudo de que los plazos de la casa, los plazos del coche, los impuestos y la comida parecía que se tragaban el dinero, la señora Quimby se las arreglaba para pagar todo lo que les hacía falta de verdad y encima, de vez en cuando, les traía algún regalito.

—Tendremos que hacer un esfuerzo hasta que vuestro padre encuentre un trabajo —dijo la señora Quimby—. No va a ser fácil.

—Yo puedo cuidar niños —ofreció Bea.

Mientras ponía los tenedores y cuchillos en la mesa, Ramona pensó que ella también podía hacer algo para ganar dinero. Podía volver a poner un puesto de limonada delante de su casa, pero lo malo era que no le compraban limonada más que su padre y su amigo Javi. Podía machacar pétalos de rosa y meterlos en agua para hacer perfume, y luego venderlo. Desgraciadamente, siempre que hacía perfume, olía a pétalos de rosa podridos y, además, ya casi se había terminado la temporada de las rosas.

—Una cosa, niñas —dijo la señora Quimby, hablando en voz baja como si les fuera a contar un secreto—: no le déis la lata a vuestro padre. Con esto ya tiene bastante.

«Y se ha acordado de traer ositos de goma», pensó Ramona, que no pretendía dar la lata a su padre, ni a su madre tampoco, sólo a Bea, aunque a veces conseguía ponerles furiosos a todos. Ramona se puso triste y le dio la sensación de estar sola, como si no hubieran contado con ella para algo importante, porque su familia lo estaba pasando mal y no podía hacer nada para ayudarles. Al terminar de poner la mesa, volvió a mirar su lista y le pareció que hacía siglos que la había empezado.

—Y, ¿qué pasa con las Navidades? —preguntó a su madre.

—En este momento, las Navidades son lo de menos —dijo su madre, a la que Ramona nunca había visto tan triste—. En noviembre tenemos que pagar los impuestos, y hay que comprar comida y pagar los plazos del coche y un montón de cosas más.

—¿No tenemos dinero en el banco? —preguntó Bea.

—No mucho —admitió la señora Quimby—, pero a tu padre le han dado dos semanas de sueldo.

Ramona se quedó mirando la lista que había empezado tan alegremente y pensó en lo que costarían todos los regalos que había puesto. Demasiado dinero, lo sabía. Los ratones eran gratis, conociendo a la persona adecuada, alguien que tuviera un ratón hembra, así que eso era más fácil.

Lentamente, Ramona fue tachando *hams-*

ter y el resto de los regalos que quería pedir. Mientras atravesaba cada palabra con una raya negra, pensaba en su familia. No quería ver a su padre preocupado, ni a su madre triste, ni a su hermana enfadada. Quería que toda la familia, *Tiquismiquis* incluido, estuviera contenta.

Ramona observó detenidamente sus ceras de colores, eligió una de color rosa rojizo, que le pareció el más alegre, y añadió otra cosa a su lista de Navidad, para compensar todo lo que había tachado: *Una familia feliz.* Junto a las palabras, dibujó cuatro caras sonrientes y, a su lado, un gato amarillo, también sonriente.

2

Ramona y el millón de dólares

A Ramona le hubiera gustado tener un millón de dólares para que su padre volviera a ser divertido. Las cosas habían cambiado mucho en casa de los Quimby desde que el señor Quimby se había quedado sin trabajo, pero el que más había cambiado era el propio señor Quimby.

Primero, la señora Quimby había encontrado un trabajo de jornada completa en la consulta de otro médico, lo cual fue una buena noticia. Pero hasta una alumna de segundo sabe que un sueldo no es lo mismo que dos, sobre todo con esos impuestos de los que hablaban tanto, que debían ser algo tremendo. Con lo del trabajo nuevo de la señora Quimby, el señor Quimby se tenía que quedar en casa para que hubiera alguien cuando Ramona volviera del colegio.

Ramona y su padre pasaban mucho tiempo juntos. Al principio, Ramona estaba convencida de que tener a su padre para ella sola, durante una hora o dos, todos los días, sería muy divertido, pero al llegar a casa se lo encontraba pasando la aspiradora, rellenando solicitudes de empleo, o sentado en el sofá, fumando y mirando al vacío. No podía llevarla al parque porque tenía que estar pendiente del teléfono. Podía llamar alguien para ofrecerle un trabajo. Ramona empezó a preocuparse. Quizá tenía tantos problemas que había dejado de quererla.

Un día, Ramona llegó a casa y se encontró a su padre en el salón, bebiendo café recalentado, fumando y mirando fijamente la televisión. En la pantalla apareció un niño, un par de años más pequeño que Ramona, cantando:

Si estás harta de fregar,
esta idea te va a gustar.
Por poco dinero, comes cantidad
de hamburguesas de buena calidad.
Ven a tu Super Burger más próximo.

Ramona vio cómo abría la boca para darle un mordisco a una enorme hamburguesa con queso, con lechuga y tomate que se salían por los lados, y le entró nostalgia de la época en que la familia iba a comer fuera cuando era día de cobro y su madre traía cosas ricas —aceitunas rellenas, bollos para desayunar los domingos, bolsas de patatas fritas.

—Ese niño debe haber ganado un millón de dólares —dijo el señor Quimby, apagando el cigarrillo en un cenicero abarrotado de colillas—. Siempre que pongo la televisión sale esa cancioncita.

¿Un niño de la edad de Ramona podía ganar un millón de dólares? A Ramona le pareció interesantísimo.

—¿Qué ha hecho para ganar un millón de dólares? —preguntó.

Había pensado muchas veces en las cosas que podrían hacer si tuvieran un millón de dólares, empezando por subir la calefacción y así no tendrían que ir con jersey dentro de casa para ahorrar combustible.

El señor Quimby se lo explicó:

—Hacen una película en la que sale él, cantando, y cada vez que ponen la película, que es el anuncio, le pagan. Debe ser una buena cantidad.

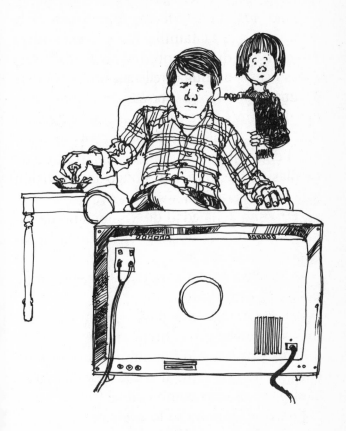

¡Vaya! A Ramona no se le había ocurrido lo de los anuncios. Siguió pensando en ello mientras sacaba sus ceras de colores y una hoja de papel y se ponía de rodillas en una de las sillas de la cocina, frente a la mesa. Cantar una canción sobre hamburguesas no debía ser muy difícil. Ella podía hacerlo perfectamente. A lo mejor le pagaban un millón de dólares, como a ese niño, y así su padre volvería a ser divertido y todos los del colegio la verían y dirían: «Ésa es Ramona Quimby. Está en mi colegio.» Con un millón de dólares podrían poner un reloj de cuco en todos los cuartos de la casa, su padre no tendría que trabajar, irían todos a Disneylandia...

«Si estás harta de fregar», empezó a cantar Ramona mientras dibujaba una hamburguesa y acribillaba el pan por arriba con puntos amarillos, que eran las semillas de sésamo. Si tuvieran un millón de dólares, los Quimby podrían comer fuera todos los días, si quisieran.

Después de aquello, Ramona empezó a fijarse en todos los niños que hacían anuncios. Vio a un niño que estaba comiendo pan con margarina cuando, de repente, le apareció una corona encima de la cabeza al son de un toque —tarará— de trompetas. Vio a una niña que preguntaba: «Mamá, ¿no te gustaría que las manzanas cubiertas de caramelo crecieran en los árboles?», y otra niña que probaba unos cereales y decía: «Qué bueno, mmmm», y soltaba una risita. Había un niño que, al final de un anuncio de salchichas, preguntaba: «Papá, ¿cómo se sabe si un perrito caliente es chico o chica?», y una niña que echaba la cabeza hacia un lado y decía: «Pop-pop-pop», escuchando el ruido de su plato de cereales. Había niños que masticaban patatas fritas, engullían pepinillos, mordisqueaban pollo frito. Ramona le cogió un cariño especial a una niña con rizos que estaba en el zoo con su madre y le decía: «Mira, mamá, las patas de ese elefante están tan arrugadas como tus medias.» Ramona podía decir todas esas cosas perfectamente.

Empezó a ensayar. A lo mejor venía alguien y le ofrecía un millón de dólares por hacer un anuncio de televisión. De camino al colegio, cuando no iba con su amigo Javi, doblaba la cabeza hacia un lado y decía: «Pop-pop-pop.» Se decía a sí misma: «Mmmm, qué bueno», y soltaba una risita. Soltar risitas no era fácil cuando no había nada que tuviera gracia, pero hacía un esfuerzo. Una vez ensayó con su madre, preguntándole:

—Mamá, ¿no te gustaría que las manzanas cubiertas de caramelo crecieran en los árboles?

Había empezado a llamar a su madre «mamá», porque los niños de los anuncios siempre llamaban «mamá» a las suyas.

La señora Quimby, pensando en otra cosa, le contestó:

—No mucho. El azúcar es malo para los dientes.

Llevaba pantalones, así que Ramona no pudo soltar la frase sobre las medias.

Como los Quimby ya no compraban patatas fritas ni pepinillos, Ramona descubrió otras cosas de comer —pan tostado y manzanas y zanahorias— con las que se podía ensayar lo de masticar haciendo mucho ruido. Cuando había pollo frito para cenar, se relamía y se chupaba los dedos.

—Ramona —dijo el señor Quimby—, cada vez comes peor. No hagas esos ruidos. Mi abuela siempre decía: «Por cada ruido que se haga comiendo, una bofetada bien sonora.»

Ramona, que estaba contenta de no haber

conocido a la abuela de su padre, se avergon-
zó de sí misma. Había estado ensayando
para salir en la televisión, olvidándose de
que su familia estaba delante.

Ramona siguió ensayando, hasta que al final le acabó pareciendo que había una cáma-
ra de televisión siguiéndole todos los pasos.
Sonreía mucho y daba saltitos. Se encontraba a sí misma graciosa y adorable. Le daba
la sensación de tener el pelo rubio y rizado,
aunque de verdad lo tenía castaño y liso.

Una mañana, sonriendo con mucho en-
canto, según ella, y balanceando la maletita
donde llevaba la comida, Ramona fue al colegio dando saltitos. Hoy, a lo mejor se fija-
ba alguien en ella, porque llevaba leotardos
rojos. Estaba contenta porque era un día especial, el día en que los padres iban a hablar
con los profesores. Como la señora Quimby
estaba trabajando, el señor Quimby iba a
reunirse con la señora Rogers, su profesora
de segundo. Ramona estaba orgullosa de tener un padre que iba a hablar al colegio.

Convencida de que iba hecha un primor,
de que tenía el pelo rizado y de que era adorable, Ramona entró en su clase dando saltitos, y cuál sería su sorpresa al ver que la señora Rogers tenía las medias arrugadas en

los tobillos. Ramona no lo dudó ni un instante. Se acercó a su profesora, dando saltitos, y como en el aula no había ningún elefante, cambió un poco la frase y dijo:

—Señora Rogers, tiene las medias arrugadas como las patas de un elefante.

La señora Rogers puso cara de asombro y los niños y niñas, que ya estaban sentados, se rieron por lo bajo. La profesora dijo:

—Gracias por decírmelo, Ramona. Y recuerda que no debes saltar dentro del colegio.

Ramona se quedó preocupada, porque le dio la sensación de que su profesora se había enfadado un poco.

Se convenció de ello cuando Javi le dijo:

—Ramona, menuda grosería le has dicho a la señora Rogers.

Javi, que era bastante listo, casi siempre tenía razón.

De repente, Ramona dejó de ser una niña adorable y con rizos que salía en la televisión. Se convirtió en Ramona, por las buenas; una alumna de segundo cuyos propios leotardos se abolsaban en las rodillas y se arrugaban en los tobillos. En la televisión, las cosas son distintas. Los mayores siempre sonríen al oír lo que dicen los niños.

Durante el recreo, Ramona fue al cuarto de baño de las niñas y se enrolló los leotardos en la cintura, para que se le estiraran en las rodillas y los tobillos. Seguro que la señora Rogers había hecho lo mismo, porque después del recreo tenía las medias sin arrugas. Ramona se consoló un poco.

Esa tarde, cuando a los pequeños les habían dado permiso para marcharse, Ramona se encontró a su padre, con la madre de Gabi, esperando junto a la puerta del aula, para hablar con la señora Rogers. La madre de Gabi iba primero, así que el señor Quimby se sentó en una silla junto a la puerta con una carpeta llena de ejercicios de Ramona para echarles un vistazo. Gabi estaba pegado a la puerta, intentando oír lo que su profesora decía de él. Todos los niños querían enterarse de lo que decía la profesora.

El señor Quimby abrió la carpeta de Ramona.

—Anda, vete a jugar al patio hasta que yo termine —le dijo a su hija.

—Promete que me vas a contar lo que diga la señora Rogers de mí —dijo Ramona.

El señor Quimby lo comprendía. Sonrió y se lo prometió.

Una vez fuera, el patio estaba frío y húmedo. Sólo quedaban los niños cuyos padres estaban citados y a ésos les interesaba más lo que estaba pasando dentro del edificio que fuera de él. Aburrida, dio vueltas buscando algo que hacer y, como no se le ocurría nada mejor, cruzó la calle con el chico encargado de vigilar a los niños. En ese lado, cerca del mercado que habían construido cuando ella estaba en párvulos, podía explorar un poco. En un sitio lleno de hierbajos que había junto al edificio del mercado descubrió unas plantas, bardanas, con una cosecha de bolas de color marrón, todas cubiertas de ganchitos puntiagudos.

Ramona se dio cuenta en seguida de que las bolitas ofrecían muchas posibilidades interesantes. Cogió dos y se quedaron pegadas una a la otra. Añadió una más, y otra. Eran mejor que los juegos de construcciones. Tenía que contárselo a Javi. Cuando ya tenía una cadena de bolas, todas bien pegadas, la dobló para hacer un círculo y lo cerró. ¡Una corona! Podía hacerse una corona. Cogió más bolas y ensanchó el círculo, añadiéndole picos como los de la corona que llevaba el niño en el anuncio de margarina. Con una corona así, sólo se podía hacer una cosa. Ra-

mona se coronó a sí misma —tarará— como el niño que salía en la televisión.

Aunque pinchaba, Ramona estaba encantada con la corona. Intentó poner cara de sorpresa, como el niño que se comía la margarina, y se imaginó que era rica y famosa y que estaba a punto de encontrarse con su padre, que vendría en un coche enorme y brillante, comprado con el millón de dólares que había ganado ella.

El chico que los vigilaba al cruzar ya se había ido. Ramona se acordó de mirar a los lados antes de cruzar la calle y, al hacerlo, se imaginó que la gente decía: «Esa niña es rica. Le han pagado un millón de dólares por comer margarina en la televisión.»

El señor Quimby estaba en el patio buscando a Ramona. Olvidándose de todo lo que se había imaginado, Ramona corrió hacia él.

—¿Qué te ha dicho la señora Rogers de mí? —le exigió.

—Menuda corona —comentó el señor Quimby.

—Papá, ¿qué te ha dicho? —preguntó Ramona, que no podía controlar su impaciencia.

El señor Quimby sonrió.

—Me ha dicho que eres una impaciente.

Lo de siempre. La gente se pasaba el día diciéndole a Ramona que no fuera tan impaciente.

—¿Qué más? —preguntó Ramona mientras andaba con su padre hacia casa.

—Que lees bien, pero haces faltas de ortografía.

Ramona ya lo sabía. Al contrario que Bea, que era buenísima en ortografía, Ramona no pensaba que escribir correctamente fuera importante, con tal de que la gente entendiera lo que ella quería decir.

—¿Qué más?

—Dice que dibujas increíblemente bien, para estar en segundo, y que tienes la mejor letra de la clase.

—¿Qué más?

El señor Quimby levantó una ceja y bajó la vista hacia Ramona.

—Dice que te gusta llamar la atención y que, a veces, eres mal educada.

Ramona se indignó ante esta crítica.

—¡No es verdad! Se lo ha inventado.

Entonces se acordó de lo que había dicho sobre las medias de su profesora y se reprimió. «Ojalá la profesora no le haya contado nada», pensó.

—Casi nunca soy mal educada —dijo Ramona, intentando adivinar a qué se refería su profesora al decir que le gustaba llamar la atención. ¿A levantar la mano la primera cuando sabía una respuesta?

—Claro que no —convino el señor Quimby—. Al fin y al cabo, eres hija mía. Y ahora, dime, ¿cómo te vas a quitar esa corona?

Ramona intentó levantar la corona con las dos manos, pero sólo consiguió tirarse del pelo. Los ganchitos estaban bien agarrados. Ramona tiró de ella. ¡Ay! Qué daño. Miró a su padre desesperadamente.

El señor Quimby parecía estarse divirtiendo.

—¿Quién eres? ¿La Reina de la Fiesta de las Flores?

Ramona hizo como que no había oído la tontería que le había preguntado su padre. Menuda estupidez, intentar ser alguien que sale en la televisión cuando ella era una simple alumna de segundo, a la que los leotardos se le abolsaban en las rodillas. Pensó que ojalá su padre no lo adivinara. Se le daba bien adivinar las cosas.

Por entonces, Ramona y su padre ya habían llegado a casa. Mientras el señor Quimby abría la puerta principal, dijo:

—A ver qué hacemos para «descoronarte» antes de que tu madre llegue a casa. ¿Alguna sugerencia?

A Ramona no se le ocurría nada, aunque estaba deseando quitarse la corona de encima antes de que su padre adivinara lo que había estado haciendo. En la cocina, el señor Quimby desenganchó la parte de arriba de la corona, la que no tocaba el pelo de Ramona. Eso fue fácil. Ahora venía lo difícil.

—¡Ay! —dijo Ramona cuando su padre intentó levantar la corona.

—Así no hay manera —dijo su padre—. Vamos por partes.

Se concentró en una de las bolas, intentando desengancharla del pelo de Ramona cuidadosamente, separando los mechones. A Ramona, que no le gustaba estar quieta, el proceso le pareció interminable. Cada bola estaba enmarañada en un centenar de pelos, y había que tirar de cada uno de ellos para soltarla.

Después de un buen rato, el señor Quimby le entregó a Ramona una bola cubierta de pelos.

—¡Ay! ¡Aaa! Déjame algo de pelo —dijo Ramona, imaginándose con una zona sin pelo alrededor de la cabeza.

—Eso pretendo —dijo el señor Quimby, y empezó con la bola siguiente.

Ramona suspiró. Estar quieta y no hacer nada era agotador.

Al cabo de lo que le pareció mucho tiempo, llegó Bea del colegio. Nada más ver a Ramona soltó una carcajada.

—Ya sabemos que tú nunca haces estas tonterías —dijo Ramona, escasa de paciencia y nerviosa ante la posibilidad de que su hermana averiguara por qué llevaba los restos de una corona—. ¿Y la vez esa que...?

—Nada de peleas —dijo el señor Quimby—. Tenemos que solucionar este problema y sería una buena idea solucionarlo antes de que llegue vuestra madre.

Para mayor desesperación de Ramona, su hermana se sentó a mirar.

—¿Qué tal si se lo mojas? —sugirió Bea—. Puede que así se ablanden esos millones de pinchos.

—¡Ay! ¡Aaa! —dijo Ramona—. No tires tanto.

El señor Quimby dejó otra bola llena de pelos encima de la mesa.

—Vamos a intentarlo. Esto no funciona.

—Además, ya va siendo hora de que se lave el pelo —dijo Bea.

Un comentario que a Ramona le pareció absolutamente innecesario. Es imposible lavar un pelo lleno de pinchos.

Ramona se puso de rodillas encima de una silla y estuvo con la cabeza metida en un lavabo lleno de agua caliente durante lo que le parecieron horas y horas, hasta que le empezaron a doler las rodillas y le dio un calambre en el cuello.

—¿Ya, papá? —preguntaba cada minuto, como mínimo.

—Todavía no —dijo el señor Quimby, luchando con una de las bolas—. No —dijo por fin—. Esto no sirve.

Ramona sacó la cabeza del lavabo, chorreando. Cuando su padre intentó secarle el pelo, los ganchos de las bolas se pegaban a la toalla. Arrancó la toalla y se la puso a Ramona por encima de los hombros.

—Bueno, así se aprende —dijo el señor Quimby—. Bea, pela unas patatas y mételas en el horno. Como venga tu madre y vea que no hemos empezado a preparar la cena...

Cuando llegó la señora Quimby y vio a su marido intentando desenganchar las bolas del pelo mojado de Ramona, soltó un quejido, se desplomó sobre una de las sillas de la cocina y empezó a reírse.

A estas alturas, Ramona estaba cansada, enfadada y hambrienta.

—No tiene ninguna gracia —dijo malhumorada.

La señora Quimby logró contener la risa.

—¿Cómo se te ha podido ocurrir? —preguntó.

Ramona se quedó pensando. ¿Era la típica pregunta que hacían los mayores por preguntar algo, o su madre pretendía que le contestara?

—No lo sé —le pareció una respuesta segura.

Jamás iba a contar a su familia por qué llevaba una corona de pinchos. Jamás, ni aunque la metieran en una mazmorra.

—Bea, tráeme las tijeras —dijo la señora Quimby.

Ramona intentó tapar la corona con las manos.

—¡No! —chilló, y dio una patada en el suelo—. ¡No pienso dejarte que me cortes el pelo! ¡No pienso! ¡No pienso! ¡No pienso!

Bea le trajo las tijeras a su madre y dio a Ramona un consejo:

—Deja de dar gritos. Si te metes en la cama con esos pinchos, ya verás qué bien.

Ramona tuvo que admitir la sabiduría de las palabras de Bea. Dejó de dar gritos para volver a planteárselo.

—Bueno —dijo, como si estuviera concediendo un favor—, pero quiero que lo haga papá.

Su padre lo haría con cuidado, mientras que su madre, siempre con prisa desde que trabajaba la jornada completa, haría *clac-clac-clac,* y ya está. Además, la cena tardaría menos y sabría mejor si la hacía su madre.

—Es un honor —dijo el señor Quimby—. Un gran honor.

A la señora Quimby no le costó mucho desprenderse de las tijeras.

—¿Por qué no os váis a hacerlo a otro sitio mientras Bea y yo ponemos la cena?

El señor Quimby guió a Ramona hacia el salón, donde encendió la televisión.

—Puede que esto nos lleve tiempo —explicó mientras empezaba a trabajar—. Así, de paso, vemos las noticias.

Ramona seguía estando preocupada.

—No me cortes más de lo necesario, papá —suplicó, rezando para que no apareciera el niño de la margarina en la pantalla—. No quiero que se rían de mí en el colegio.

El locutor de las noticias hablaba de huelgas y de un montón de cosas que Ramona no entendía.

—Lo mínimo, mínimo —prometió su padre.

Clac. Clac. Clac. Dejó caer una bola envuelta en pelos dentro del cenicero. *Clac. Clac. Clac.* Dejó caer otra bola junto a la primera.

—¿Estoy muy mal? —preguntó Ramona.

—Como diría mi abuela: «La gente no distingue entre cualquier cosa y un trolebús.»

Ramona suspiró a la vez que notaba un escalofrío; lo más parecido a llorar, pero sin llorar. *Clac. Clac. Clac.* Ramona se tocó un lado de la cabeza. Todavía tenía pelo. Más de lo que esperaba. Se puso más contenta.

El locutor desapareció de la pantalla de televisión y volvió a aparecer el niño ese, cantando:

Si estás harta de fregar,
esta idea te va a gustar.

Ramona se puso triste al acordarse de la época en que su padre aún no se había quedado sin trabajo, cuando podían olvidarse de fregar y seguir el consejo del anuncio. Vio cómo el niño abría la boca para hundir los dientes en esa hamburguesa tan gorda, con lechuga, tomate y queso sobresaliendo por los lados del pan. Tragó aire y dijo:

—Seguro que ese niño se lo pasa muy bien con su millón de dólares.

Estaba tristísima. A los Quimby les hacía falta un millón de dólares, de verdad. Incluso un dólar les vendría bien.

Clac. Clac. Clac.

—No sé, no sé —dijo el señor Quimby—. El dinero es útil, pero no lo es todo.

—Me encantaría ganar un millón de dólares, como ese niño —dijo Ramona.

Esto era lo más que se iba a acercar, en cuanto a contar cómo se le había ocurrido ponerse una corona de pinchos en la cabeza.

—¿Sabes una cosa? —dijo el señor Quimby—. Me da igual lo que gane ese niño, o cualquier niño. Yo, a ti, no te cambiaría ni por un millón de dólares.

—¿De verdad, papá?

Ese comentario sobre cualquier niño le hizo pensar a Ramona que, quizá, su padre había adivinado el motivo de la corona, pero jamás se lo iba a preguntar. Jamás.

—¿De verdad? ¿Lo dices en serio?

—De verdad.

El señor Quimby siguió cortando cuidadosamente.

—Seguro que al padre de ese niño le hubiera encantado tener una hija que, de pequeña, pintaba con las manos y luego se las limpiaba en el gato, y que, una vez, se cortó el pelo ella sola para ser calva como su tío y que, luego, a los siete años, se coronó a sí misma con pinchos. Todos los padres no tienen la suerte de tener una hija como esa.

Ramona soltó una risita.

—¡Papá, estás haciendo el ganso!

Hacía mucho tiempo que no estaba tan contenta.

3

La noche de la calabaza

—Pasadme los *tumbates,* por favor —dijo
Ramona, esperando que algún miembro de
su familia sonriera.

Se alegró al ver que su padre sonrió mientras le pasaba la fuente de tomates al horno.
Cada vez sonreía menos, conforme pasaban
los días y no encontraba trabajo. Demasiado a menudo estaba simplemente de mal humor. Ramona ya había aprendido que no
convenía volver corriendo del colegio y preguntar: «¿Ya tienes trabajo, papá?» La señora Quimby estaba preocupada permanente-
mente, o por el precio de la comida o por el
dinero que debían. Bea se había convertido
en una auténtica gruñona, porque le horro-
rizaban los textos libres o, quizá, porque ha-

bía llegado a esa edad difícil de la que siempre hablaba la señora Quimby, aunque a Ramona le costaba creérselo.

Incluso *Tiquismiquis* no parecía el mismo. Movía la cola y se alejaba del plato con indignación cuando Bea le ponía una ración de «Mi minino», la marca más barata de comida para gatos que había encontrado la señora Quimby en el supermercado.

Todas estas cosas preocupaban a Ramona. Quería que su padre sonriera e hiciera chistes, que su madre se pusiera contenta, que su hermana estuviera alegre y que *Tiquismiquis* comiera bien, se relamiera el bigote y ronroneara como hacía antes.

—Así que —decía el señor Quimby— el hombre dijo, al final de la entrevista, que ya me llamaría si salía algo.

La señora Quimby suspiró.

—A ver si te llama. Ah, otra cosa. El coche hace un ruido raro. Hace como *tip-tap, tip-tap*.

—Según la ley de Murphy —dijo el señor Quimby—, todo lo que pueda ir mal, irá mal.

Ramona sabía que, esta vez, su padre no hablaba en broma. La semana pasada, cuando la lavadora se había negado a funcionar, los Quimby se habían quedado horrorizados con la factura de la reparación.

—Me gustan los *tumbates* —dijo Ramona, esperando que su chistecito funcionara por segunda vez.

Lo que había dicho no era muy cierto, pero estaba dispuesta a sacrificar la verdad por una sonrisa.

Como nadie la hizo ni caso, Ramona habló más alto a la vez que levantaba la fuente de tomates al horno.

—¿Alguien quiere *tumbates?* —preguntó.

La fuente se ladeó. La señora Quimby alargó el brazo silenciosamente y limpió el jugo que se había caído con su servilleta. Desanimada, Ramona dejó la fuente en la mesa. Nadie se había reído.

—Ramona —dijo el señor Quimby—, mi abuela siempre decía una frase: «La primera vez es gracioso, la segunda vez es una tontería, la tercera vez es una azotaina.»

Ramona bajó la vista hacia su mantelito. Últimamente nada iba bien. Seguro que *Tiquismiquis* pensaba lo mismo. El gato se sentó al lado de Bea y soltó uno de sus maullidos más furibundos.

El señor Quimby encendió un cigarrillo y preguntó a su hija mayor:

—¿Aún no le has dado de comer a ese gato?

Bea se levantó para recoger la mesa.

—No serviría de nada. No quiere comer ese «Mi minino» tan malo.

—Peor para él.

El señor Quimby echó una nube de humo hacia el techo.

—Se pone a maullar en la casa de al lado, como si no le diéramos de comer —dijo Bea—. A mí me da vergüenza.

—Va a tener que aprender a comer lo que podamos darle —dijo el señor Quimby—. O nos desharemos de él.

Esta frase dejó a Ramona atónita. *Tiquismiquis* había formado parte de la familia desde antes de que ella naciera.

—Pues yo, en su caso, haría lo mismo —dijo Bea, cogiendo el gato y acercándoselo a la mejilla—. «Mi minino» es un asco.

El señor Quimby apagó el cigarrillo.

—¿Sabéis una cosa? —dijo la señora Quimby, como si quisiera cambiar de tema—. La abuela de Javi ha ido a ver a una hermana suya que vive en una granja, y su hermana le ha dado un montón de calabazas para que los niños del barrio tengan faroles en la víspera de Todos los Santos*. La señora Kemp nos ha dado una enorme, y está en el sótano esperando convertirse en farol.

—¡Yo! ¡Yo! —gritó Ramona—. ¡Yo voy a cogerla!

—Tenemos que conseguir que dé mucho miedo —dijo Bea abandonando su mal humor.

—Voy a afilar mi navaja —dijo el señor Quimby.

—Anda, Ramona, ve a cogerla —dijo la señora Quimby sonriendo de verdad.

Ramona sintió un gran alivio. Su familia había vuelto a la normalidad. Encendió la luz del sótano, se abalanzó escaleras abajo y allí, bajo la sombra de los tubos de la caldera, que parecían los brazos de un fantasma, había una enorme calabaza redonda. Ramona la agarró por el tallo rasposo, se dio cuenta de que la calabaza era demasiado grande para cogerla así, se inclinó, la rodeó con los brazos y la levantó del suelo. La calabaza pesaba más de lo que creía, y tenía que procurar que no se le cayera y se hiciese pedazos en el suelo de hormigón.

---

* La víspera del día de Todos los Santos, los norteamericanos ponen por la noche en sus ventanas unos faroles hechos con calabazas.

—¿Te ayudamos, Ramona? —gritó la señora Quimby desde arriba de las escaleras.

—Puedo yo sola.

Ramona tanteaba cada escalón con el pie antes de pisar firme. Y, así, consiguió aparecer victoriosa en la cocina.

—¡Caramba! Sí que es grande —dijo el señor Quimby, afilando la navaja con una piedra especial mientras Bea y su madre fregaban los platos a toda velocidad.

—Una calabaza de ese tamaño costaría mucho en el mercado —comentó la señora Quimby—. Un par de dólares, como poco.

—Le ponemos cejas como el año pasado —dijo Ramona.

—Y orejas —dijo Bea.

—Y muchos dientes —dijo Ramona.

El farol que iban a poner los Quimby en la ventana de delante, la víspera del día de Todos los Santos, no iba a ser el típico, con un solo diente y la nariz y los ojos en forma de triángulo. El señor Quimby era el que hacía los faroles mejores de toda la calle. Todo el mundo lo sabía.

—Mmmm. Vamos a ver.

El señor Quimby examinó la calabaza, girándola para encontrar el mejor lado para hacer la cara.

—Este es el sitio justo para la nariz.

Con un lápiz, dibujó una nariz con forma de nariz, no de triángulo, mientras sus hijas se apoyaban en los codos para observar.

—¿La hacemos alegre o enfadada? —preguntó.

—¡Alegre! —dijo Ramona, que ya estaba harta de malas caras.

—¡Enfadada! —dijo Bea.

La boca acabó teniendo una punta hacia arriba y otra hacia abajo. Después, quedaron dibujados los ojos y las cejas.

—Muy expresiva —dijo el señor Quimby—. Entre maliciosa y burlona.

Cortó un círculo en la parte de arriba de la calabaza y lo quitó para dejarlo de tapa.

Sin que hiciera falta pedírselo, Ramona trajo una cuchara grande para sacar las semillas.

Tiquismiquis entró en la cocina para ver si en su plato había otra cosa que no fuera «Mi minino». Cuando vio que no, se detuvo, notó el olor a calabaza, poco familiar, y moviendo la cola con furia, salió de la cocina. Ramona se alegró de que Bea no se diera cuenta.

—Si tenemos cuidado de que no se queme con la vela, puedo hacer pastel de calabaza

—dijo la señora Quimby—. Incluso puedo congelar un trozo de calabaza para el día de Acción de Gracias*.

El señor Quimby empezó a silbar mientras iba cortando con cuidado y destreza, primero una boca llena de dientes, todos perfectos y cuadrados, luego los ojos y unas cejas puntiagudas y feroces. Estaba haciendo dos orejas en forma de signo de interrogación cuando la señora Quimby dijo:

—Ramona, es hora de irse a la cama.

—Me pienso quedar hasta que papá acabe —informó Ramona a su familia—. Ni peros ni nada.

—Anda, ve a bañarte —dijo la señora Quimby— y luego sigues mirando.

Como su familia se había vuelto a poner contenta, Ramona no protestó. Pero volvió en seguida, todavía húmeda bajo el pijama, para ver qué más se le había ocurrido a su padre. Pelo, eso era lo que se le había ocurrido, y podía ponerlo porque la calabaza era muy grande. Cortó unos cuantos rizos en forma de «C» alrededor del agujero de la parte de arriba de la calabaza, antes de meter el

---

* El día de Acción de Gracias, el cuarto jueves de noviembre, los norteamericanos conmemoran la fiesta que hicieron los colonos ingleses y los indios, en 1621, para celebrar la primera buena cosecha.

brazo dentro y hacer un hueco para poner la vela.

—Ya está —dijo, y lavó su navaja en el grifo de la cocina—. Una obra de arte.

La señora Quimby encontró una vela medio gastada, la metió en la calabaza, la encendió, y le puso la tapa. Ramona apagó la luz. La calabaza, iluminada por una llama temblona, hacía gestos maliciosos y burlones a la vez.

—¡Papá! —gritó Ramona, rodeando a su padre con los brazos—. Es la calabaza más malvada del mundo.

El señor Quimby besó a Ramona en la cabeza.

—Gracias. Me lo tomo como un piropo. Anda, ahora vete a la cama.

Ramona se dio cuenta, por la voz de su padre, de que estaba sonriendo. Se marchó corriendo a su cuarto sin inventarse excusas para quedarse despierta cinco minutos más, añadió una postdata a sus oraciones dando gracias a Dios por la calabaza, y otra pidiéndole que encontrara un trabajo a su padre, y se durmió inmediatamente sin acordarse de coger su oso panda, que siempre le daba tranquilidad.

En mitad de la noche, Ramona se encontró despierta, sin saber muy bien qué la había despertado. ¿Había oído un ruido? Sí. Tensa, se quedó escuchando. Otra vez, un golpe, un roce, no muy alto, pero lo había oído seguro. Silencio. De repente volvió a oírlo. Dentro de casa. En la cocina. Había algo en la cocina, algo que se movía.

A Ramona se le puso la boca tan seca que apenas logró susurrar «¡papá!». No hubo respuesta. Más golpes. Algo chocó contra la pared. Algo, alguien venía a cogerles a todos. Ramona empezó a pensar en la cara, entre burlona y maliciosa, que había encima de la mesa de la cocina. Todas las historias de fantasmas que había oído y todas las películas de miedo que había visto le pasaron por la cabeza a la vez. ¿Sería que la calabaza había cobrado vida? Claro que no. Sólo era una calabaza, pero, aun así, la idea de una cabeza malvada y sin cuerpo era horripilante.

Ramona se sentó en la cama y berreó:

—¡Papá!

Se encendió la luz del cuarto de sus padres, se oyeron ruidos de pasos, en el marco de su puerta apareció la silueta de su padre, despeinado y con el pijama arrugado, seguido de su madre poniéndose una bata encima de su camisón corto.

—¿Qué pasa, nena? —preguntó el señor Quimby.

Los padres de Ramona siempre la llamaban «nena» cuando les hacía preocuparse, y esta noche Ramona se alegró tanto al verles que no le importó.

—¿Has tenido una pesadilla? —preguntó la señora Quimby.

—Ha-hay algo en la cocina —a Ramona le tembló la voz.

Bea, medio dormida, se unió a la familia.

—¿Qué es esto? —preguntó—. ¿Qué pasa?

—Hay algo en la cocina —dijo Ramona, sintiéndose más valiente—. Algo que se mueve.

—¡Sssh! —ordenó el señor Quimby.

Tensos, se quedaron escuchando.

—Ha sido una pesadilla —dijo la señora Quimby, que entró en la habitación, le dio un beso a Ramona y empezó a remeterle las sábanas.

Ramona se destapó.

—No ha sido una pesadilla —insistió—. He oído algo. Algo raro.

—Pues vamos a investigar —dijo el señor Quimby, razonable y valiente, según Ramona. Ella no pensaba entrar en esa cocina.

Ramona se quedó esperando, casi sin respirar, temiendo por la seguridad de su padre mientras éste avanzaba por el pasillo y encendía la luz de la cocina. No llegó ni un grito ni un alarido desde aquella parte de la casa. En vez de eso, su padre soltó una carcajada, y Ramona se sintió con fuerzas para acompañar al resto de la familia a ver qué era lo que tenía gracia.

En la cocina había un fuerte olor a comida de gato. Lo que vio Ramona, y lo que vio Bea, no les pareció nada gracioso. Su calabaza, la calabaza que había recortado su padre con tanto esmero, ya no tenía la cara entera. Parte de la frente, una ceja, un ojo y parte de la nariz habían desaparecido, sustituidos por un agujero picudo que tenía marcas de dientes en los bordes. *Tiquismiquis,* con aire de culpabilidad, estaba agazapado debajo de la mesa de la cocina.

El caradura de ese gato.

—¡Gato malo! ¡Gato malo! —chilló Ramona, dando patadas con el pie descalzo en el linóleo frío.

El viejo gato amarillento huyó al comedor, donde se metió debajo de la mesa, los ojos brillándole en la oscuridad.

La señora Quimby soltó una risita apesadumbrada.

—Sabía que le gustaba el melón, pero no tenía ni idea de que le gustara la calabaza.

Con un cuchillo enorme, empezó a cortar los restos de la calabaza, quitando cuidadosamente, Ramona se fijó, las partes que estaban mordidas.

—Ya os había dicho que no se iba a comer ese «Mi minino» horrible —dijo Bea, acusando a su padre de llevar la contraria al gato—. Claro que se ha comido la calabaza. Estaba muerto de hambre.

—Bea, cielo —dijo la señora Quimby—. La comida que le dábamos a *Tiquismiquis* antes es demasiado cara. Compréndelo.

Bea no estaba de humor para comprender nada.

—¿Por qué papá tiene dinero suficiente para comprar tabaco? —quiso saber.

Ramona se quedó atónita al oír a Bea hablándole así a su madre.

El señor Quimby se había enfadado.

—Señorita —dijo, y cuando llamaba «señorita» a Bea, Ramona sabía que era mejor que su hermana se anduviera con cuidado—. Señorita, no quiero oír ni una palabra más sobre ese gato salvaje y su comida. Lo de mi tabaco no es asunto tuyo.

Ramona estaba convencida de que Bea iba a pedir perdón o se iba a poner a llorar y salir corriendo hacia su habitación. En vez de eso, sacó a *Tiquismiquis* de debajo de la mesa y lo acunó, como si estuviera protegiéndole de un peligro.

—Sí que es asunto mío —informó a su padre—. Te puedes morir por fumar. ¡Se te van a poner los pulmones negros y te vas a morir! En el colegio hemos hecho carteles sobre eso. Y, además, ¡el tabaco contamina el aire!

Ramona se horrorizó ante el atrevimiento de su hermana y, a la vez, se puso un poquitín contenta. Bea normalmente se portaba bien, mientras que era Ramona la que cogía berrinches. Después, se dio cuenta del signi-

ficado de las palabras furiosas de su hermana y se asustó.

—Ya he oído bastante —le dijo el señor
Quimby a Bea—, y permíteme que te recuer-
de que si hubieras metido a ese gato en el sótano, que era lo que tenías que haber hecho,
esto no hubiera ocurrido.

Silenciosamente, la señora Quimby metió
en una bolsa de plástico los restos de la calabaza y los puso en la nevera.

Bea abrió la puerta del sótano y dejó a *Tiquismiquis* en el primer escalón con de-
licadeza.

—Buenas noches —le dijo cariñosamente.

—Señorita —empezó el señor Quimby.
¡Señorita otra vez! Bea se la iba a ganar de
verdad—. Te estás subiendo mucho a la
parra últimamente. Ten mucho cuidado con
lo que dices.

Bea siguió sin pedir perdón. No se echó a
llorar. Simplemente se fue a su cuarto, indignada.

La que se echó a llorar fue Ramona. Le
daba igual pelearse con Bea. Incluso disfru-
taba de una peleíta de vez en cuando, despe-
jaba el ambiente, pero cuando se peleaban los
demás, no lo soportaba, y esas cosas tan horribles que había dicho Bea, ¿serían verdad?

—No llores, Ramona —dijo la señora Quimby, rodeando a su hija pequeña con un brazo—. Vamos a comprar otra calabaza.

—P-pero no será igual de grande —sollozó Ramona, que no lloraba por lo de la calabaza.

Lloraba por cosas más importantes, como que su padre se enfadara tanto ahora que no tenía trabajo, y que se le pusieran los pulmones negros, y que Bea se volviera tan respondona cuando siempre había sido tan educada (con los mayores) y dispuesta a hacer lo que había que hacer.

—Bueno, vamos a la cama, y mañana lo veremos todo más claro —dijo la señora Quimby.

—Ahora voy —dijo el señor Quimby, cogiendo un paquete de tabaco que había dejado en la mesa de la cocina, sacando uno, encendiéndolo, y sentándose, todavía furioso.

¿Se le estarían poniendo negros los pulmones en ese mismo momento?, se preguntó Ramona. ¿Cómo se podía saber, si los pulmones se tenían dentro? Dejó que su madre la guiara hasta su cuarto y la metiera en la cama.

—Bueno. No te preocupes por lo de la ca-

labaza. Vamos a comprar otra. No será igual
de grande, pero será un farol.

La señora Quimby le dio a Ramona un
beso de buenas noches.

—Buenas noches —dijo Ramona con voz
ahogada.

En cuanto salió su madre, se bajó de la cama de un salto y sacó su oso panda, ya viejo, de debajo de la cama y lo colocó a su lado. Así estaba más tranquila. El oso debía tener algo de polvo, porque Ramona estornudó.

—¡Jesús! —dijo el señor Quimby al pasar junto a su puerta—. Mañana haremos otro farol. No te preocupes.

No estaba enfadado con Ramona.

Ramona se acomodó junto a su oso polvoriento. ¿Los mayores no se daban cuenta de que los niños se preocupaban por más cosas, aparte de las calabazas? ¿No se daban cuenta de que los niños se preocupaban por los mayores?

4

Ramona en acción

Los Quimby hablaron muy poco durante el desayuno de la mañana siguiente. La señora Quimby, con su uniforme blanco, tenía que darse prisa para llegar a su trabajo. *Tiquismiquis,* ofendido, comió un par de bocados de «Mi minino». El señor Quimby no dijo «Ves cómo se lo come cuando tiene hambre», aunque a toda la familia se le había ocurrido lo mismo. Casi era mejor que lo hubiera dicho.

Ramona estaba deseando que su familia se animara un poco. Cuando terminaron de comer, se encontró a solas con su padre.

—Tráeme un cenicero, por favor —dijo el señor Quimby—. Sé una buena chica.

Ramona le acercó el cenicero de mala gana

y, con un gesto de desaprobación en la cara, vio cómo su padre encendía su cigarrillo de después de desayunar.

—¿Por qué estás tan solemne? —preguntó su padre mientras agitaba la cerilla para apagarla.

—¿Es verdad lo que dice Bea? —preguntó Ramona.

—¿Qué dice? —preguntó el señor Quimby.

Ramona estaba convencida de que su padre sabía a qué se refería.

—Que si fumas se te ponen los pulmones negros —contestó.

El señor Quimby echó una bocanada de humo hacia el techo.

—Yo voy a convertirme en uno de esos viejecitos con una barba gris, enorme, que salen en el periódico el día que cumplen cien años y que dicen que han vivido tanto gracias a fumar y beber *whisky*.

A Ramona no le hizo gracia.

—Papá —su voz era severa—, ya estás haciendo el ganso otra vez.

Su padre suspiró ruidosamente y lanzó tres aros de humo por encima de la mesa, lo que a Ramona le pareció una respuesta muy poco satisfactoria.

Al ir hacia el colegio, Ramona atajó metiéndose por el césped, porque le gustaba cómo se marcaban las pisadas cuando había rocío, y luego ni siquiera se molestó en mirar hacia atrás para ver sus huellas. En vez de correr o dar saltos, arrastraba los pies. Nada le hacía ilusión cuando en su casa discutían y luego se pasaban todo el desayuno en silencio y, sobre todo, cuando a su padre se le estaban poniendo los pulmones negros de fumar.

A pesar de que la señora Rogers había anunciado, «Hoy los de segundo os vais a divertir a la vez que aprendéis», mientras escribía la fecha en la pizarra, el colegio fue un aburrimiento porque volvieron a hacer repaso. Repasar era un rollo para algunos, como Ramona, porque tenían que repetir cosas que ya sabían, y era una preocupación para otros, como Gabi, porque tenían que volver a intentar aprender las cosas que no sabían. El repaso era lo peor del colegio. Ramona se pasó toda la mañana buscando en su cuaderno de ejercicios palabras que tuvieran dos «o», como «rojo» y «somos». Con mucho cuidado, les pintaba cejas a las «O» y ponía un punto dentro de cada una, para que parecieran unos ojos enfadados. Luego añadía una boca vuelta hacia abajo. Al terminar, tenía un cuaderno con aspecto furioso, que estaba a la altura de su estado de ánimo de aquel día.

No le apetecía mucho salir del edificio a la hora del recreo, pero en cuanto estuvo fuera, Gabi gritó:

—¡Cuidado! ¡Que viene Ramona!

Y salió corriendo, así que Ramona le tuvo que perseguir, dando vueltas por todo el patio, hasta la hora de volver a entrar.

Correr, entrar en calor y quedarse sin respiración habían hecho que Ramona se sintiera tan bien que le entraron fuerzas para cumplir su propósito. A su padre no se le iban a poner negros los pulmones. Ella iba a impedirlo. Ramona decidió justo en ese momento, en mitad de clase de matemáticas, que iba a salvarle la vida a su padre.

Por la tarde, después del colegio, Ramona cogió sus ceras de colores y su papel de la mesa de la cocina, se lo llevó todo a su cuarto y cerró la puerta. Se puso a gatas en el suelo de su cuarto y empezó a trabajar, escribiendo un cartel en letras mayúsculas. Desgraciadamente, no había hecho cálculos antes de empezar y no le cabía todo en una línea. No logró encontrar el *cello* para pegar dos hojas, así que tuvo que continuar en la línea siguiente. Al terminar, su cartel decía:

NO FU MAR

Serviría. Ramona encontró un alfiler y colgó el cartel en las cortinas del salón, donde su padre lo vería seguro. Luego, asustada ante su propio atrevimiento, se quedó atenta a los resultados.

El señor Quimby, aunque debía haber visto el cartel, no dijo nada hasta después de cenar, cuando ya se había comido el pastel de calabaza. Pidió un cenicero y después preguntó:

—Oye, ¿cuál es ese mar?

—¿Qué mar? —preguntó Ramona, cayendo en la trampa.

—El mar Nofu —contestó su padre con mucha seriedad.

Desilusionada, Ramona arrancó el cartel, lo arrugó, lo tiró a la chimenea y se marchó de la habitación dando zancadas, pensando que la próxima vez tendría que hacerlo mejor.

El día siguiente, después del colegio, Ramona encontró el *cello* y desapareció en su cuarto para seguir dedicándose al plan de salvar la vida a su padre. Mientras trabajaba, oyó el teléfono y se quedó escuchando, tensa, igual que hacían todos ahora cuando sonaba el teléfono. Oyó a su padre aclararse la garganta antes de cogerlo.

—¿Dígame? —después de una pausa, añadió—: Un momento, Javi. Ahora se pone.

Se notaba en la voz que estaba desilusionado. No era nadie para ofrecerle un empleo.

—Ramona, ¿puedes venir a jugar? —preguntó Javi cuando Ramona se puso al teléfono.

Ramona lo pensó. Por una parte, tendrían

que aguantar a la hermana pequeña de Javi, Guillermina, que siempre incordiaba, pero con Javi lo pasaba bien construyendo cosas, cuando se les ocurría algo que construir. Sí, le gustaría ir a jugar con Javi, pero salvar la vida de su padre era más importante.

—No, gracias. Hoy no —le dijo—. Tengo mucho trabajo.

Justo antes de cenar, pegó en la puerta de la nevera un dibujo de un cigarrillo tan largo que tuvo que unir tres hojas de papel para poder dibujarlo. Después de dibujarlo, lo había tachado con una «X» negra, enorme y debajo había escrito en letras mayúsculas la palabra «MALO». Bea soltó una risita al verlo y la señora Quimby sonrió como si estuviera intentando no sonreír. Ramona se sintió más valiente. Tenía aliados. Su padre ya podía andarse con cuidado.

Cuando el señor Quimby vio el dibujo, se quedó mirándolo mientras Ramona esperaba atentamente.

—Mmmm —dijo, alejándose un poco para verlo mejor—. El parecido es extraordinario. Este artista tiene talento.

Y no dijo nada más.

Ramona se llevó un chasco, aunque no tenía muy claro lo que esperaba de su padre.

¿Furia, quizá? ¿Un castigo? ¿Una promesa de que iba a dejar de fumar?

A la mañana siguiente el cartel ya no estaba y, por la tarde, Ramona tuvo que esperar a que Bea volviera del colegio para preguntarle:

—¿Cómo se escribe contaminación?

Bea lo escribió en un papel y Ramona se dedicó a hacer un cartel que decía: *Lucha contra la contaminación del aire.*

—Te voy a ayudar —dijo Bea.

Y las dos niñas, de rodillas en el suelo, escribieron una docena de carteles. *La nicotina es dañina. Los incendios forestales empiezan con un cigarrillo. Fumar es perjudicial para la salud.* Ramona aprendió bastantes palabras nuevas esa tarde.

Afortunadamente, el señor Quimby salió a ver qué le pasaba al coche, que seguía haciendo *tap-tap*. Así, las niñas pudieron colgar los carteles encima de la chimenea, en la nevera, en las cortinas del salón, en la puerta del armario de la entrada y en todos los sitios visibles que se les ocurrieron.

Esta vez, el señor Quimby no prestó la menor atención a los carteles. Ramona y Bea podían haberse ahorrado tanto trabajo, porque parecía que no se había dado ni cuenta.

Pero ¿era posible pasar por alto tantos carteles? Lo estaría haciendo aposta. Seguro que lo estaba haciendo aposta. Estaba claro que las niñas tendrían que reforzar su campaña. Ya casi se habían acabado las hojas grandes y no se les pasaba por la cabeza decir que compraran más cuando andaban tan mal de dinero.

—Podemos hacer carteles pequeños en trozos de papel —dijo Ramona.

Y eso fue lo que hicieron. Hicieron carteles diminutos que ponían: *No Fumar, Lucha contra la contaminación del aire, Fumar es malo para la salud* y *Hay que acabar con el tabaco.* En algunos, Ramona dibujó figuras de personas —haciendo un círculo para la cabeza y palos para el cuerpo, brazos y piernas— que estaban tumbadas, muertas, y en uno dibujó un gato tumbado boca arriba y con las patas tiesas. Escondieron todos los carteles donde sabían que su padre los encontraría de todas, todas: en el bolsillo de su bata, enrollado alrededor del mango de su cepillo de dientes y atado con una goma, dentro de sus zapatos, debajo de su máquina de afeitar...

Y se pusieron a esperar, y esperar. El señor Quimby no dijo nada y continuó fumando. Ramona se tapaba la nariz cada vez que veía a su padre con un cigarrillo. Él hacía que no se daba cuenta. Las niñas estaban desilusionadas y abatidas.

A Ramona y Bea se les ocurrió otro plan, el más atrevido de todos porque tenían que coger el paquete de tabaco de su padre, justo antes de cenar. Afortunadamente, había estado toqueteando el coche, intentando dar con lo que hacía *tap-tap-tap* y tenía que ducharse antes de cenar, lo que les daba el tiempo justo para llevar a cabo su plan.

Las niñas estuvieron toda la cena intercambiando miradas nerviosas, y cuando su padre pidió un cenicero, Ramona no conseguía estar sentada sin moverse.

Como siempre, su padre sacó el paquete de tabaco del bolsillo de la camisa. Como siempre, le dio un golpecito con la mano y como siempre, salió un cigarrillo, o lo que aparentemente era un cigarrillo. El señor Quimby debió notar que lo que él había tomado por un cigarrillo pesaba menos de lo normal, porque se quedó mirándolo. Mientras Ramona contenía la respiración, su padre frunció el entrecejo, lo miró con más detenimiento, desenrolló el papel y descubrió que era un cartel diminuto que decía: *¡Fu-*

mar es malo! Sin decir ni una palabra, lo arrugó y sacó otro —según él— cigarrillo, que resultó ser un cartel que decía: *¡Hay que acabar con el tabaco!* El señor Quimby lo arrugó y lo dejó caer encima de la mesa, junto al primero.

—Ramona —el tono de voz del señor Quimby era serio—. Mi abuela siempre decía: «La primera vez es gracioso, la segunda vez es una tontería...»

La sabiduría de la abuela del señor Quimby quedó interrumpida por un ataque de tos.

Ramona se asustó. Pensó que a su padre ya se le habrían empezado a poner negros los pulmones.

Bea parecía estar satisfecha. «Ves, ya te habíamos dicho que fumar te sentaba mal», era claramente lo que estaba pensando.

La señora Quimby parecía divertida y preocupada a la vez.

El señor Quimby, con aspecto avergonzado, se dio golpes en el pecho con el puño, bebió un sorbo de café y dijo:

—Me he atragantado con algo —al ver que toda su familia permanecía en silencio, dijo—: En fin, Ramona. Como iba diciendo, ya vale.

Ramona hizo una mueca de disgusto y se

hundió en su silla. Los que están en segundo siempre llevan las de perder. Bea la había ayudado, pero toda la culpa se la echaban a Ramona. También se sentía abandonada. Nadie hace caso a los que están en segundo, más que para regañarles. Por mucho que se esforzara en salvarle la vida a su padre, él no iba a permitir que se la salvara.

Ramona se rindió, y se dio cuenta en seguida de que echaba de menos la emoción de preparar el próximo paso de la campaña para que su padre dejara de fumar. Las tardes en casa, después del colegio, le parecían vacías. Javi estaba en la cama con anginas y ella no tenía con quién jugar. Le hubiese gustado que en su barrio hubiera más niños de su edad. Se sentía tan sola que cogió el teléfono y marcó el número de los Quimby para ver si sonaba y contestaba ella. Lo único que consiguió fue una señal de que comunicaba y una regañina de su padre por estar jugando con el teléfono cuando podían estar intentando llamar para ofrecerle un trabajo.

Y, encima, había pastel de calabaza para cenar.

—¡Otra vez, no! —protestó Bea.

Llevaban comiendo pastel de calabaza y crema de calabaza desde la noche en que el gato se había comido una parte del farol. Bea le había contado a Ramona que le parecía que su madre había intentado poner también calabaza en la carne rellena, pero que no estaba segura porque estaba todo muy mezclado.

—Lo siento, pero no hay muchas recetas para cocinar la calabaza. Me da rabia tirar la comida —dijo la señora Quimby—. Pero, ahora que me acuerdo, he visto una receta, en algún sitio, para hacer sopa de calabaza...

—¡No! —la respuesta de su familia fue unánime.

Ramona estaba tan desilusionada porque su padre no había hecho caso a sus cartelitos, que no le apetecía mucho comer, y mucho menos comer pastel de calabaza. Le parecía que era la centésima vez. Al ver su triángulo de pastel, se dio cuenta de que se sentía incapaz de comérselo. Estaba harta de calabaza.

—¿Seguro que has quitado bien todo lo que tenía baba de gato? —le preguntó a su madre.

—¡Ramona! —el señor Quimby, que estaba removiendo su café, dejó caer la cucharilla—. ¡Por favor! Estamos comiendo.

Estaban comiendo, pero después del comentario de Ramona nadie probó ni un bocado del pastel.

El señor Quimby siguió fumando y Ramona siguió preocupándose. Entonces, una tarde, cuando Ramona volvió del colegio, se encontró con la puerta de atrás cerrada. Incluso cuando la aporreó con el puño, no vino nadie a abrir. Se fue a la puerta de delante, tocó el timbre y esperó. Silencio. El silencio de cuando no hay nadie. Intentó abrir la puerta, aunque sabía que estaba cerrada. Más silencio. Era la primera vez que a Ramona le pasaba una cosa así. Siempre la esperaba alguien cuando volvía del colegio.

Ramona estaba asustada. Se le llenaron los ojos de lágrimas y se sentó en un escalón de cemento frío, para pensar. ¿Dónde estaría su padre? Pensó en sus amigos del colegio, Gabi y Sandra, que no tenían padre. ¿Dónde se habrían ido sus padres? Todo el mundo tenía padre en algún momento. ¿Dónde se irían?

Ramona notó que se ponía tensa, por dentro, del miedo. Podía ser que su padre se hubiera enfadado con ella. Podía ser que se hubiera marchado porque había intentado conseguir que dejara de fumar. Ella estaba convencida de que le estaba salvando la vida, pero quizá había estado antipática con él. Su madre le había dicho que no diera la lata a su padre, porque estaba preocupado por estar sin trabajo. Quizá se había enfadado tanto con ella que ya no la quería. Pensó en todas las cosas que había visto en la televisión que le daban miedo —casas destrozadas por un terremoto, gente disparando a otra gente, hombres melenudos montando en moto— y se dio cuenta de que necesitaba a su padre para sentirse protegida.

El frío del cemento empezó a traspasar la ropa de Ramona. Acercó el cuerpo a las rodillas y pegó los brazos a las piernas para protegerse del frío, mientras contemplaba cómo el viento del otoño arrastraba una hoja seca por la rampa del garaje. Escuchó los graznidos de una bandada de patos salvajes que volaban entre las nubes grises, de camino hacia el Sur para pasar el invierno. Su padre le había dicho que venían de Canadá, pero eso había sido antes de que se marchara. El suelo empezó a llenarse de motas, por la lluvia, y la falda de Ramona empezó a llenarse de lágrimas. Apoyó la cabeza en las rodillas y lloró. ¿Por qué había sido tan odiosa

con su padre? Si volvía, iba a poder fumar todo lo que quisiera, llenar los ceniceros y hacer que el aire se pusiera azul. Ella no le diría absolutamente nada. Lo único que quería era que volviera, con los pulmones negros y todo.

Y en ese momento apareció su padre, haciendo crujir las hojas de la rampa del garaje, con el cuello del anorak levantado, por el frío, y su sombrero viejo de pescar, calado hasta los ojos.

—Siento haber llegado tarde —dijo mientras sacaba la llave—. ¿Todos esos lagrimones son por mí?

Ramona se secó la nariz con la manga del jersey y se puso de pie. Estaba tan contenta de ver a su padre y tan aliviada porque no se había marchado, que le dio un arrebato de furia. Las lágrimas se convirtieron en lágrimas de indignación. No es normal que las hijas se tengan que preocupar por los padres.

—¿Dónde has estado? —le preguntó, exigente—. ¡Se supone que tienes que estar en casa cuando vuelvo del colegio! Creía que me habías abandonado.

—Calma, calma. Ni se me ha pasado por la cabeza abandonarte. ¿Cómo iba a hacer una cosa así?

El señor Quimby abrió la puerta y, poniendo una mano en el hombro de Ramona, la guió hacia el salón.

—Perdona por haber hecho que te preocupes. He ido a cobrar el seguro de desempleo, y había mucha cola.

A Ramona se le pasó la furia. Sabía muy bien lo que es una cola larga y lo desesperante que es. Había hecho cola en los toboganes del parque, había hecho cola en el comedor del colegio en la época en que sus padres tenían dinero para que comiera allí de vez en cuando, había hecho cola con su madre para pagar en el supermercado, de pequeña había hecho colas larguísimas para ver a Papá Noel en los grandes almacenes, y —éstas eran las colas peores, las más aburridas— había hecho cola con su madre en el banco. Le daba pena que su padre hubiera tenido que esperar en una cola y, además, se daba cuenta de que cobrar el seguro de desempleo no le hacía muy feliz.

—¿Ha intentado colarse alguien? —dijo Ramona, sabia en cuanto a colas se refiere.

—No. La cola de hoy era increíblemente larga.

El señor Quimby entró en la cocina para hacerse un café instantáneo. Mientras se calentaba el agua, le preparó un vaso de leche a Ramona y le dio una galleta.

—¿Ya estás mejor? —le preguntó.

Ramona miró a su padre por encima del borde del vaso y asintió con la cabeza, tirándose un poco de leche por encima. Su padre, sin decir nada, le dio un paño para que se limpiara y echó agua caliente encima del café instantáneo de su tazón. Después metió la mano en el bolsillo de la camisa, sacó un paquete de tabaco, se quedó mirándolo y lo dejó caer encima de la mesa. Ramona no le había visto hacer eso en la vida. ¿Sería posible...?

El señor Quimby se apoyó en la mesa y bebió un poco de café.

—¿Qué quieres hacer? —le preguntó a Ramona.

Ramona se lo pensó antes de contestar:

—Algo que sea grande, importante.

Pero, ¿qué? A ver si se le ocurría algo. ¿Romper uno de los récords del libro ese del que habla Bea? ¿Subir al Monte Hood?

—¿Por ejemplo? —preguntó su padre.

Ramona terminó de restregarse la mancha del jersey con el paño.

—Pues... —dijo pensando—. ¿Sabes el puente que cruza el río Columbia?

—Sí, el Puente Interestatal. El que cogemos cuando vamos a Vancouver.

—Siempre he querido parar en ese puente y bajarme del coche y estar con un pie en Oregón y el otro en Washington.

—La idea está bien, pero no es muy práctica —dijo el señor Quimby—. El coche lo tiene tu madre y no creo que se pueda dejar un coche parado en mitad del puente. A ver, otra cosa.

—No es que sea precisamente importante, pero dibujar es una de las cosas que más me gustan —dijo Ramona.

¿Cuánto tiempo aguantaría su padre sin coger el tabaco de encima de la mesa?

El señor Quimby dejó la taza:

—¡Tengo una idea buenísima! Vamos a hacer el dibujo más largo del mundo.

Abrió un cajón y sacó un rollo de papel para poner en los estantes de los armarios. Al intentar extenderlo sobre el suelo de la cocina, el papel se volvió a enrollar solo. Ramona solucionó el problema rápidamente, pegándolo con *cello* al suelo. Entre los dos, fueron desenrollando el papel, de un extremo a otro de la cocina, y se pusieron de rodillas, con una caja de ceras en medio.

—¿Qué dibujamos? —preguntó Ramona.

—¿Qué te parece el estado de Oregón? —sugirió su padre—. Eso sí que es grande.

A Ramona se le disparó la imaginación.

—Voy a empezar con el Puente Interestatal —dijo.

—Y yo voy a ver qué tal se me da el Monte Hood —dijo su padre.

Se pusieron manos a la obra, Ramona en el final del rollo de papel y su padre en la otra punta de la cocina. Ramona dibujó un puente largo y negro y una niña en el centro, con una pierna a cada lado de una raya. Debajo del puente dibujó agua azul, aunque el río Columbia siempre estaba gris. Añadió unas nubes grises, lluvia a base de puntos gri-

ses, y mientras iba dibujando pensaba que tenía que atreverse a decirle una cosa a su padre.

Ramona echó un vistazo al dibujo de su padre que, efectivamente, había pintado el Monte Hood con un pico abultado en el lado sur, igual que se veía de verdad cuando el cielo estaba despejado.

—Eres el mejor dibujante del mundo —dijo Ramona.

El señor Quimby sonrió.

—No es para tanto —dijo.

—Papá... —dijo Ramona, intentando ser valiente—. Perdona, por haber sido odiosa contigo.

—Si no has sido odiosa —dijo el señor Quimby mientras pintaba unos árboles en la falda de la montaña—. La verdad es que tienes razón.

—¿Tengo razón? —Ramona no parecía muy segura.

—Sí.

Con esta respuesta, Ramona se sintió más valiente todavía.

—¿Por eso no has fumado después de tomar café? ¿Vas a dejar de fumar?

—Voy a intentarlo —contestó el señor Quimby, la vista fija sobre el dibujo—. Voy a intentarlo.

Ramona estaba contenta, entusiasmada y aliviada, todo a la vez.

—¡Seguro que lo consigues, papá! Ya verás como sí.

Su padre no estaba tan convencido.

—Eso espero —contestó—, pero aunque lo consiga, *Tiquismiquis* va a tener que seguir comiendo «Mi minino».

—Él también tiene que intentarlo —dijo Ramona, y llenó el cielo gris de «uves» de color oscuro, que representaban una bandada de patos volando hacia el Sur para pasar el invierno.

5

Los textos libres
de Bea

Las Quimby, que era como el señor Quimby llamaba a su mujer e hijas, se pusieron muy contentas al enterarse de que el señor Quimby había decidido dejar de fumar. Él no estaba tan contento porque, al fin y al cabo, era él quien tenía que hacer el esfuerzo.

Ramona tomó el mando de la operación. Cogió todo el tabaco que tenía su padre y lo tiró al cubo de la basura, dejando caer la tapa en su sitio con un estruendo que expresaba su satisfacción, pero no la de su padre, que parecía querer recuperar ese tabaco.

—Pensaba irlo dejando poco a poco —dijo—. Cada día un cigarrillo menos.

—No habías dicho eso —le informó Ramona—. Habías dicho que ibas a dejar de fumar, no que ibas a intentar dejarlo poco a poco.

Durante los días siguientes, aumentó la tensión en casa de los Quimby. El señor Quimby, sin darse cuenta, se metía la mano en el bolsillo para sacar un tabaco que ya no estaba allí. Se pasaba el día yendo a la nevera a ver si encontraba algo para picar. Decía que había engordado. Y lo peor de todo era que tenía peor humor que cuando perdió el trabajo.

Con un padre de mal humor, una madre cansada, una hermana obsesionada con los textos libres y un gato que comía «Mi minino» con cara de asco, Ramona se sentía el único miembro feliz de la familia. Ya era difícil que a Ramona no se le ocurriera nada divertido que hacer. Siguió añadiendo cosas al dibujo más largo del mundo, pero lo que le apatecía hacer, de verdad, era correr y gritar y hacer mucho ruido para demostrar lo contenta que estaba de que su padre dejara de fumar.

Una tarde, Ramona estaba de rodillas en el suelo de la cocina, atareada con su dibujo, cuando Bea llegó del colegio, soltó sus libros encima de la mesa y dijo:

—Era verdad.

Ramona levantó la vista del dibujo del colegio Glenwood que estaba pintando en el rollo de papel que había en el suelo. El señor Quimby, que tenía un paño de cocina enganchado en el cinturón, como si fuera un delantal, se volvió hacia Bea desde la pila.

—¿Qué era verdad? —preguntó.

Aunque esto era a última hora de la tarde, el señor Quimby estaba lavando los platos del desayuno. Por la mañana había ido a unas entrevistas para dos posibles trabajos.

—Lo de los textos libres —dijo Bea con voz de pena.

—Te lo tomas como si fuera una auténtica calamidad —dijo su padre.

Bea suspiró.

—En fin, puede que no esté tan mal esta vez. Por lo menos, no tenemos que escribir cuentos ni poesías.

—Entonces, ¿a qué se refiere la señora Mester con lo de los textos libres?

—Pues... a... eso... —dijo Bea, poniendo un pie de puntillas y haciendo un giro para explicar lo que es libre.

—¿Qué se puede escribir que no sea un cuento o una poesía? —preguntó Ramona—. ¿Un problema de matemáticas?

Bea continuó girando, como si dar vueltas la inspirara.

—Nos ha dicho que tenemos que hacer una entrevista a una persona mayor sobre algo que haya hecho cuando tenía nuestra edad. Dice que va a hacer fotocopias de lo que escribamos cada uno y que vamos a hacer un libro.

Bea dejó de girar para coger el paño de cocina que le tiró su padre.

—¿Conocemos a alguien que haya ayudado a construir una cabaña de pionero, o algo así?

—Me temo que no —dijo el señor Quimby—. Tampoco conocemos a nadie que haya cazado búfalos. ¿Cuántos años quiere decir lo de «mayor»?

—Cuantos más, mejor —dijo Bea.

—La señora Conrad es bastante mayor —sugirió Ramona.

La señora Conrad era una viuda que vivía en la casa de la esquina y que conducía un coche viejo del que el señor Quimby decía con admiración que era una pieza digna de un coleccionista.

—Ya, pero lleva pantalones de nailon —dijo Bea, que se había vuelto muy criticona con la ropa últimamente. No le gustaban los pantalones de nailon, los zapatos blancos, ni la camiseta de Ramona que ponía «Playa Rockaway».

—Debajo de los pantalones está la señora Conrad, y es vieja —señaló Ramona.

Bea hizo una mueca.

—No puedo plantarme en su casa, yo sola, de repente, y hacerle un montón de preguntas.

Bea era de las que nunca quieren ir a pedir un huevo al vecino, y le horrorizaba tener que vender chocolatinas para las excursiones de los *scouts*.

—Yo te acompaño —dijo Ramona, que siempre estaba dispuesta a pedir un huevo al vecino y que estaba deseando tener la edad necesaria para poder vender chocolatinas.

—No te plantes en su casa —dijo el señor Quimby, escurriendo una bayeta—. La llamas y quedas con ella. Venga, anda. Llámala ahora y así te lo quitas de encima.

Bea acercó la mano al listín de teléfonos.

—Y, ¿qué le digo? —preguntó.

—Se lo explicas, por las buenas, y a ver qué te dice —dijo el señor Quimby—. No te va a morder por teléfono.

Bea se lo pensó mucho.

—Bueno —dijo sin mucho convencimiento—, pero no quiero que lo oigáis.

Ramona y su padre se fueron al salón y pusieron la televisión para no oír lo que decía Bea. Ramona se dio cuenta de que su padre estaba buscando el paquete de tabaco inexistente, y le lanzó una mirada de desaprobación.

Al poco rato, apareció Bea con aspecto agobiado.

—Yo pensaba hacerlo dentro de un par de días, pero me ha dicho que vaya ahora mismo, porque luego tiene que llevar una ensalada para la cena que hay en su club esta noche. Papá, ¿qué le digo? No he tenido tiempo para pensar en nada.

—Improvisa —le aconsejó su padre—. Ya se te ocurrirá sobre la marcha.

—Yo también voy —dijo Ramona, y Bea no puso objeciones.

La señora Conrad vio acercarse a las hermanas y les abrió la puerta mientras subían las escaleras de fuera.

—Entrad, niñas —dijo alegremente—. Bueno, ¿de qué se trata la entrevista que me tenéis que hacer?

Bea parecía incapaz de decir ni una palabra, y Ramona pensó que la verdad es que debía ser difícil preguntar a una señora con pantalones de nailon que si sabe algo sobre cómo construían las cabañas los pioneros. Pero alguien iba a tener que decirle algo, así que Ramona se decidió a hablar.

—Mi hermana quiere que le cuente las cosas que hacía usted de pequeña.

Bea se animó.

—Como le he dicho por teléfono, tengo que hacer un texto libre.

La señora Conrad se puso pensativa.

—A ver. No hacía cosas demasiado emocionantes, la verdad. Ayudaba en la cocina y leía muchos libros que sacaba de la biblioteca. *El libro rojo de las hadas* y *El libro azul de las hadas*, y cosas así.

Bea puso cara de preocupación y Ramona se dio cuenta de que ayudar en la cocina y leer libros eran temas que no daban mucho de sí. Ramona rompió otro silencio incómodo preguntando:

—¿No hacía cosas, inventos?

Ramona se había fijado en que el salón de la señora Conrad estaba adornado con mosaicos hechos de guisantes y judías secas y búhos hechos con piñas. La mesa del comedor estaba llena de tarjetas de Navidad viejas y había unas tijeras y pegamento, señales

inequívocas de que estaba llevando a cabo un trabajo manual.

—A ver, a ver... —dijo la señora Conrad, meditabunda—. Hacíamos dulce de leche, y, ah, sí, zancos de hojalata.

Sonrió al recordarlo.

—No me había vuelto a acordar de los zancos de hojalata hasta ahora.

Por fin, Bea fue capaz de hacer una pregunta:

—¿Cómo hacía los zancos de hojalata?

La señora Conrad sonrió recordándolo.

—Cogíamos dos latas altas. Las de café grandes son las mejores. Las poníamos boca abajo y hacíamos dos agujeros cerca de la base de cada una. Los agujeros tenían que estar uno enfrente del otro. Entonces, metíamos como metro y medio de cuerda resistente por los agujeros, y atábamos los extremos formando un asa muy larga. Poníamos un pie encima de cada lata, cogíamos un asa en cada mano y empezábamos a andar. Teníamos que acordarnos de tirar de la cuerda de cada pie al levantarlo, porque si no, nos caíamos —yo siempre tenía heridas en las rodillas—. Las niñas, en aquella época, llevaban vestidos en vez de pantalones, y yo siempre lucía unas cicatrices horribles en las rodillas.

«Puede que por eso siempre lleve pantalones ahora —pensó Ramona—. No querrá hacerse heridas cuando se caiga.»

—¡Menudo ruido hacían esas latas huecas! —siguió la señora Conrad, disfrutando del recuerdo—. Todos los niños del barrio andaban por la calle metiendo un ruido tremendo. A veces, el borde de hojalata cortaba la cuerda y nos caíamos rodando por la acera. Me hice experta en andar con zancos y me dedicaba a dar vueltas por la manzana, gritando «¡Pasmarote!» a los niños que eran más pequeños que yo.

Ramona y Bea soltaron una risita. Les sorprendía que alguien tan mayor como la señora Conrad hubiera llamado a otros niños, más pequeños que ella, una cosa que ellas también decían a veces.

—Bueno —dijo la señora Conrad, poniendo fin a la entrevista—. ¿Te he sido útil?

—Sí, gracias.

Bea se puso de pie, y Ramona también, aunque quería preguntar a la señora Conrad qué estaba haciendo en la mesa del comedor.

—Me alegro —dijo la señora Conrad, abriendo la puerta de delante—. A ver si te ponen un diez en el texto libre.

—La verdad es que no me esperaba lo de

los zancos de hojalata —dijo Bea, mientras se encaminaban hacia su casa—. Pero me servirán, supongo.

¡Servir! Ramona estaba deseando llegar a casa de Javi para contarle lo de los zancos de hojalata. Así que, mientras Bea se metía en casa para solucionar lo de su texto libre, Ramona fue a casa de los Kemp, a todo correr. Como se había imaginado, Javi escuchó su acalorada descripción y dijo:

—Voy a hacerme unos iguales.

Javi era genial. Ramona y él se pasaron el resto de la tarde buscando latas grandes de café. Para conseguirlas, tuvieron que convencer a la madre de Javi de que echara el café en botes de cristal y de que llamara a los vecinos para ver si les sobraban latas.

Al día siguiente, después del colegio, Javi apareció en casa de los Quimby con dos pares de zancos de hojalata.

—¡Ya está! —proclamó, orgulloso de su labor—. Guillermina también quería unos, así que le he hecho un par con latas de atún, para que no se caiga desde muy alto.

—¡Sabía que conseguirías hacerlos!

Ramona, que ya se había puesto la ropa de jugar, se montó en dos de las latas y tiró del asa con fuerza antes de dar un paso cauteloso. Primero el izquierdo, luego el derecho. ¡Funcionaban! Javi avanzaba ruidosamente a su lado. Bajaron cuidadosamente por la rampa del garaje hasta la acera, donde Ramona intentó coger velocidad, se olvidó de levantar la lata a la vez que subía la pierna y, como le había dicho la señora Conrad, se cayó de los zancos. Recobró el equilibrio sin ir a parar al suelo, y se volvió a montar.

Clang, clang. Clang, clang. A Ramona le producía una gran satisfacción hacer tanto ruido, y a Javi también. La señora Conrad, entrando en la rampa de su garaje con su coche maravilloso, sonrió y les saludó con la mano. En un momento de atrevimiento, Ramona le gritó:

—¡Pasmarote!

¡Pasmarote lo serás tú! —contestó la señora Conrad, entendiendo la broma de Ramona.

A Javi no le pareció nada bien.

—A la gente mayor no hay que llamarla pasmarote —dijo—. Sólo a los de tu edad.

—La señora Conrad me deja llamarla pasmarote —alardeó Ramona—. La puedo llamar pasmarote siempre que quiera.

Clang, clang. Clang, clang. Ramona se lo estaba pasando tan bien que empezó a gritar a todo pulmón:

—Sólo tengo noventa y nueve botellas, coge una de ellas, y pásala. Sólo tengo noventa y ocho botellas, coge una de ellas, y pásala... Sólo tengo...

Javi se unió a la canción:

—Noventa y siete botellas, coge una de ellas, y pásala. Sólo tengo noventa y seis botellas...

Clang, clang. Clang, clang. Noventa y cinco botellas, noventa y cuatro botellas. A veces, Ramona y Javi tropezaban, a veces perdían el equilibrio y, de vez en cuando, se caían, llenándose los pantalones de pana de barro al caer a la acera empapada. Avanzaban lentamente, pero lo que perdían en velocidad con los zancos lo compensaban haciendo ruido.

Ochenta y nueve botellas, ochenta y seis... Ramona hacía tiempo que no estaba tan contenta. Le encantaba hacer ruido y estaba orgullosa de saber contar hacia atrás. Los vecinos miraban por la ventana para ver qué producía tanto escándalo, mientras que Ramona y Javi seguían avanzando con determinación.

—Sólo tengo ochenta y una botellas...

Como había predicho la señora Conrad, a Ramona se le rompió una de las cuerdas y acabó rodando por la acera. Javi hizo un nudo con los extremos y siguieron armando barullo hasta la hora de cenar.

—Nos habéis dado una buena serenata —comentó el señor Quimby.

La señora Quimby preguntó:

—¿De dónde habéis sacado la canción esa de las botellas?

—Me la ha enseñado Bea —dijo Ramona virtuosamente—. Javi y yo vamos a contar hacia atrás, hasta que lleguemos a una botella.

Bea, que estaba haciendo los deberes en su cuarto, no se había perdido la conversación.

—La cantábamos en las acampadas, cuando no nos oían los monitores —la oyeron decir.

—Cuando yo iba de acampada, cantábamos lo del elefante que se balanceaba en la telaraña —dijo la señora Quimby.

La canción del elefante que se balanceaba era una de las que más le gustaban a Ramona, pero la de «Las noventa y nueve botellas» tenía la ventaja de ser mucho más ruidosa.

—No sé qué opinarán los vecinos —dijo la señora Quimby—. ¿No podéis cantar otra canción?

—No —dijo Ramona—. Tiene que ser una canción ruidosa.

—Hablando de todo un poco, Ramona, ¿has hecho tu habitación?

A Ramona no le interesaba mucho esa pregunta.

—Más o menos —contestó.

Y no le faltaba cierta razón, porque había metido un montón de dibujos viejos y varios pares de calcetines sucios debajo de la cama.

La tarde siguiente, después del colegio, fue aún mejor, porque Ramona y Javi ya tenían dominado lo de andar con los zancos sin caerse.

—Sólo tengo sesenta y una botellas, coge una de ellas, y pásala —cantaban mientras avanzaban ruidosamente, dando vueltas a la manzana.

Ramona sudaba copiosamente y, cuando empezó a llover, le pareció estupenda la sensación de las gotas frías sobre su cara enrojecida. Siguieron andando y metiendo ruido, mientras cantaban a pleno pulmón. A Ramona se le puso el pelo aún más lacio y aplastado y los rizos rubios de Javi se hicieron más pequeños con la lluvia.

—Sólo tengo cuarenta y una botellas...
Clang-cata-clang.

—Sólo tengo treinta y siete botellas...

Clang-cata-clang. A Ramona se le olvidó que su padre no tenía trabajo, se le olvidó el mal genio que tenía desde que había dejado de fumar, se le olvidó que su madre llegaba cansada de trabajar y que Bea estaba gruñona últimamente. Estaba feliz.

Como era invierno, anocheció pronto, y cuando Ramona y Javi terminaron de hacer todos los *clang-cata-clang* necesarios para llegar a la última botella, ya se habían encendido las farolas de la calle. Llenos de orgullo y con la sensación de haber conseguido terminar algo importante, se bajaron de los zancos y corrieron cada uno a su casa, con las latas colgando detrás, entrechocando, haciendo *clang-clang*.

Ramona entró por la puerta de atrás como una exhalación, soltó los zancos empapados encima del suelo de linóleo, y anunció con voz ronca:

—¡Lo hemos conseguido! ¡Hemos cantado hasta llegar a una botella!

Se quedó esperando a que su familia participara de su alegría.

En lugar de ello, su padre dijo:

—Ramona, sabes muy bien que tienes que llegar a casa antes de que anochezca. Menos mal que se oía perfectamente dónde estábais, si no hubiera tenido que salir a buscaros.

La señora Quimby dijo:

—Ramona, estás como una sopa. Ve a cambiarte antes de que cojas un buen catarro.

«¡Vaya! —pensó Ramona—. ¡Menuda familia!» Se quedó un momento donde estaba, chorreando, esperando que la rabia que sentía dentro de ella aflorase. Con un poco de suerte lloraría y entonces su familia se arrepentiría de haberla regañado. Pero se sorprendió al ver que no se sentía fatal, no se le había puesto cara de pena, no tenía ganas de llorar.

Tenía frío, estaba chorreando, y se sentía *bien*. Se sentía bien porque había hecho mucho ruido, le gustaba la sensación de cansancio que le había dejado la caminata con los zancos, estaba contenta porque había llamado pasmarote a una persona mayor y había conseguido contar hacia atrás, del noventa y nueve al uno, cantando. Se sentía bien porque había estado en la calle de noche, le había llovido encima y había visto cómo se encendían las farolas. No sentía rabia.

—No te quedes ahí, chorreando —dijo Bea—. Tienes que poner la mesa.

«Bea, la Marimandona», pensó Ramona. Se fue hacia su cuarto, haciendo *chof-chof* con las playeras mojadas, y al salir de la cocina empezó a cantar:

—Sólo tengo noventa y nueve botellas...

—No, por favor —gimió su padre.

6

El disfraz de oveja

Si a Ramona le hubieran dicho que la clase de religión de los domingos le iba a traer problemas, nunca se lo hubiera creído, pero todo empezó allí, un domingo a principios de diciembre. La clase estaba empezando normalmente. Ramona estaba sentada en una sillita entre Gabi y Javi, en el sótano de la iglesia de piedra gris, con el resto de la clase. La señora Russo, la directora, dio unas palmadas para llamar la atención.

—Silencio, niños —dijo—. Tenemos que preparar los villancicos y el auto de Navidad.

Ramona, aburrida, enganchó los pies en el travesaño de su sillita. Sabía muy bien lo que le iba a tocar hacer a ella —ponerse una túnica blanca y entrar, cantando villancicos, con el resto de los de segundo, que irían detrás de los de párvulos y primero. El público siempre hacía comentarios y sonreía al ver a los de párvulos bamboleándose en fila, pero nadie hacía mucho caso a los de segundo. Ramona sabía que le quedaban muchos años para actuar en el auto de Navidad.

Estaba escuchando a medias, hasta que la señora Russo preguntó a un amigo de Bea, Enrique Huggins, si le gustaría ser José. Ramona estaba convencida de que iba a decir que no, por lo ocupado que estaba con lo de entrenarse para las Olimpiadas de dentro de ocho o diez años. Se sorprendió al oírle decir:

—Bueno, vale.

—Y, Beatriz Quimby, ¿quieres ser María? —preguntó la señora Russo.

Al oír esta pregunta, Ramona desenganchó los pies y se sentó derecha en su silla. Su hermana, la gruñona de Bea, ¿María? Ramona buscó a Bea con la mirada y vio que estaba rosa, aturdida y encantada, todo a la vez.

—Sí —contestó Bea.

Ramona se había quedado atónita. Su hermana iba a hacer de María, la madre del

Niño Jesús; iba a poder sentarse en el pesebre que ponían en el presbiterio todos los años.

La señora Russo tuvo que preguntar a bastantes niños, de los mayores, antes de dar con tres que quisieran ser los Reyes Magos. Encontrar pastores era más fácil. Había tres niños en sexto que estaban dispuestos a ser pastores.

Mientras continuaban los preparativos, Ramona notó una vocecita que le decía en su interior: «¡Yo! ¡Yo! Y yo, ¿qué?», hasta que no pudo contenerse y dijo:

—Señora Russo, yo podría hacer de oveja. Si hay pastores, hacen falta ovejas.

—Ramona, me parece una idea espléndida —dijo la señora Russo, dándole ánimos—, pero me temo que en la iglesia no tenemos disfraces de oveja.

Ramona no era de las que se rinden fácilmente.

—Mi madre me puede hacer un disfraz de oveja —dijo—. Me ha hecho montones de disfraces.

Puede que lo de «montones» no fuera del todo cierto. La señora Quimby le había hecho un disfraz de bruja que Ramona había usado durante tres años para la víspera del día de Todos los Santos*, y cuando Ramona estaba en párvulos, le había hecho un disfraz de demonio rojo.

La señora Russo estaba en una situación difícil, porque le había dicho a Ramona que su idea era espléndida.

—Pues... sí, Ramona, puedes hacer de oveja si tu madre se encarga del disfraz.

Javi había estado dándole vueltas al asunto.

—Señora Russo —dijo con ese tono serio, típico suyo—, ¿no quedaría raro si hay tres pastores y una sola oveja? Mi abuela me puede hacer un disfraz a mí también.

—Y mi madre puede hacerme uno a mí —dijo Gabi.

De repente, la clase se llenó de voluntarios para hacer de oveja, suficientes para formar un rebaño grande. La señora Russo dio unas palmadas para pedir silencio.

—¡Niños, niños! En el presbiterio no caben tantas ovejas, pero me parece que podemos poner una oveja por cada pastor. Ramona, Javi y Gabi, como habéis sido los primeros, podéis hacer de ovejas si os ocupáis de vuestros disfraces.

---

* La víspera del día de Todos los Santos, los niños norteamericanos se disfrazan y van por las casas pidiendo golosinas.

Ramona le lanzó una sonrisa a Bea. Iban a estar juntas en el auto de Navidad.

Después de la clase de religión, Bea encontró a Ramona y le preguntó:

—¿De dónde va a sacar madre el tiempo para hacerte un disfraz de oveja?

—Después del trabajo, supongo —dijo Ramona, pensando que ese problema no se le había ocurrido.

Bea no se quedó muy convencida.

—Me alegro de que mi disfraz me lo den en la iglesia —dijo.

Ramona empezó a preocuparse.

La señora Quimby siempre le lavaba el pelo a Ramona después de la clase de religión de los domingos. Ramona esperó a que le hubiera quitado la cabeza de debajo del grifo y se la estuviera secando con una toalla.

—¿A que no sabes qué? —dijo Ramona—. Voy a hacer de oveja en el auto de Navidad de este año.

—Qué bien —dijo la señora Quimby—. Me alegro de que hagan algo un poco distinto este año.

—Y yo voy a hacer de María —dijo Bea.

—¡Estupendo! —dijo la señora Quimby, frotando con la toalla.

—Me hace falta un disfraz de oveja —dijo Ramona.

—El mío me lo dan en la iglesia —dijo Bea.

Ramona le lanzó a Bea una mirada furibunda, como diciendo «Cállate». Bea sonrió con serenidad. Ramona pensó que seguro que ya se creía que era María.

La señora Quimby dejó de frotar y miró a Ramona.

—¿De dónde vas a sacar el disfraz de oveja? —le preguntó.

Ramona se sintió muy pequeña:

—Ha-había pensado que me lo podías hacer tú.

—¿Cuándo?

Ramona se sintió aún más pequeña:

—¿Después del trabajo?

La señora Quimby suspiró:

—Ramona, no es por desilusionarte, pero llego a casa muy cansada después del trabajo y no tengo tiempo para ponerme a coser.

Hacer un disfraz de oveja me costaría bastante trabajo, habría que coser muchos trozos pequeños de tela, y a ver de dónde saco un patrón con forma de oveja.

El señor Quimby se unió a la conversación. Eso es lo malo de tener un padre con tiempo libre. Siempre interviene en las discusiones de los demás.

—Ramona —dijo—, deberías saber que no se puede contar con los demás sin preguntarles antes.

Ramona pensó que ojalá supiera coser su padre. Él tenía tiempo de sobra.

—A lo mejor la abuela de Javi me puede hacer a mí un disfraz también.

—No podemos pedir un favor como ese —dijo la señora Quimby—, y además, la tela cuesta dinero y con las Navidades a la vuelta de la esquina y todo lo demás, andamos muy justos de dinero.

Ramona ya lo sabía. Lo que pasaba es que no se había parado a pensarlo; le apetecía tanto hacer de oveja. Tragó aire y respiró con fuerza e intentó mover los dedos de los pies dentro de los zapatos. Le estaban creciendo los pies y los notaba apretados. Se alegraba de no habérselo dicho a su madre. Nunca conseguiría el disfraz si encima había que comprar zapatos.

La señora Quimby le puso una toalla por encima de los hombros y alargó la mano hacia el peine.

—No puedo hacer de oveja si no tengo disfraz —dijo Ramona, volviendo a respirar con fuerza y haciendo ruido con la nariz.

Estaba dispuesta a llevar los zapatos apretados sin rechistar, con tal de conseguir el disfraz.

—La culpa es tuya —dijo el señor Quimby—. Tendrías que haber pensado antes de hablar.

Ramona pensó que tenía que haber esperado a que pasaran las Navidades para convencer a su padre de que dejara de fumar. Seguro que ahora se estaría portando bien con su hija pequeña, que necesitaba un disfraz de oveja.

La señora Quimby le fue desenredando el pelo con el peine.

—Se me ha ocurrido una cosa —dijo—. Hay un albornoz blanco viejo, al que se le han descosido las mangas. Está bastante grisáceo, pero si lo meto en lejía, nos puede servir.

Ramona dejó de hacer ruidos con la nariz. Su madre iba a intentar solucionarle el problema, pero no se podía arriesgar a contarle lo de los zapatos apretados, porque si no servía el albornoz, tendrían que comprar tela.

Esa noche, cuando Ramona ya estaba metida en la cama, oyó a sus padres hablando en su cuarto, con esas voces bajas y serias que a menudo eran una señal de que estaban hablando de ella. Se bajó de la cama y se puso de rodillas en el suelo, con la oreja pegada a la rejilla de la calefacción, para ver si podía oír lo que decían.

La voz de su padre, oída a través de los tubos de la calefacción, sonaba cavernosa y lejana.

—¿Por qué le has hecho caso? —preguntaba—. No tiene por qué decir que le vas a hacer un disfraz de oveja sin preguntarlo antes. A ver si aprende.

«Ya he aprendido», pensó Ramona, indignada. Su padre hacía mal en hablar así de ella a sus espaldas.

—Ya lo sé —contestó su madre con una voz que también sonaba cavernosa y lejana—. Pero cuando eres pequeño, das importancia a estas cosas. Ya me las arreglaré.

—Hay que procurar que no se convierta en una niña mimada y repelente —dijo el padre de Ramona.

—Pero estamos en Navidades —dijo la señora Quimby— y las nuestras van a ser bastante escasas este año.

Aliviada después de oír a su madre, pero furiosa con su padre, Ramona se volvió a la cama. ¡Mimada y repelente! Eso era lo que la consideraba su padre.

Los días siguientes fueron difíciles para Ramona, que estaba enfadada con su enfadado padre. Qué *odioso,* hablar de ella así, a sus espaldas.

—Bueno, ¿se puede saber qué te pasa? —le acabó preguntando su padre.

—Nada —dijo Ramona enfurruñada.

No podía contarle por qué estaba furiosa sin admitir que les había espiado.

Y encima, Bea se pasaba todo el día sonriendo y poniendo cara de estar muy serena, quizá porque la señora Mester le había puesto un diez en su texto libre y la había leído en alto a toda la clase, pero era más probable que estuviera ensayando su papel de María. Aguantar a una hermana que pretende parecerse a la Virgen María no es fácil para alguien con problemas, como Ramona.

Y lo del disfraz. A la señora Quimby le dio tiempo para meter el albornoz en la lavadora y echarle lejía, pero después no pasó nada más. El médico para el que trabajaba estaba tan ocupado con todos los dolores de oído, toses y gripes que aparecían con el frío del invierno, que su madre llegaba tarde a casa todos los días.

Y para colmo de males, Ramona tuvo que tragarse dos tardes enteras viendo cómo la abuela de Javi le hacía su disfraz de oveja, porque las últimas órdenes eran que Ramona tenía que ir a casa de Javi cuando el señor Quimby no pudiera quedarse en casa a esperarla. Esta semana tenía que ir a cobrar el seguro de desempleo y hacer un examen para entrar en Correos como funcionario.

Ramona observó el disfraz de Javi, que era de un material acrílico, blanco y mullido. Las orejas estaban forradas de rosa por dentro, y la señora Kemp le iba a poner una cremallera por delante. El disfraz era precioso, suave y peludo. Ramona estaba deseando acariciarlo con la mejilla, llevárselo a la cama y dormir abrazada a él.

—Cuando termine con el disfraz de Javi, le voy a hacer uno a Guillermina —dijo la señora Kemp—. Guillermina también quiere uno.

Esto a Ramona le pareció el colmo. Además, los zapatos le hacían cada vez más daño. Se quedó mirando a Guillermina, que se dedicaba a dar vueltas por la casa con sus zancos de lata de atún, andando como un pato. La enana de Guillermina, que siempre estaba incordiando, había conseguido un disfraz que ni siquiera le hacía falta. Seguro que manchaba la piel de oveja de zumo de manzana o la llenaba de migas de galleta. Había gente que decía que Guillermina se parecía a Ramona cuando era pequeña, pero Ramona no podía creérselo.

Una semana antes del auto de Navidad, la señora Quimby logró comprar un patrón para el disfraz durante la hora que le daban para comer, pero no le dio tiempo para ponerse a coser.

El señor Quimby, en cambio, tenía tiempo de sobra para dedicárselo a Ramona. «Demasiado», según ella. No la dejaba en paz. Ramona tenía que sentarse más cerca de la mesa para no mancharse tanto. Tenía que dejar de hacer surcos en el puré de patatas. Tenía que escurrir su esponja, no dejarla chorreando en la bañera. Mirar el círculo oxidado que habían dejado sus zancos de hojalata en el suelo de la cocina. ¿Es que no podía tener más cuidado? Tenía que doblar la toalla por la mitad y colgarla con cuidado después de bañarse. Por Dios, ¿cómo se iba a secar si la dejaba hecha un burruño? Ramona fue a su cuarto y encontró un cartel que decía: *Un cuarto desordenado es perjudicial para la salud.* El colmo.

Ramona se dirigió indignada hacia el garaje, donde su padre estaba engrasando la máquina de cortar el césped, para que estuviera lista en primavera, y dijo:

—Un cuarto desordenado no es malo para la salud. No es lo mismo que fumar.

—Puede que tropieces con algo y te rompas un brazo —le advirtió su padre.

Ramona tenía una respuesta a eso:

—Siempre enciendo la luz o pongo un pie delante para ver si hay algo.

—Puede que te asfixies, rodeada de papeles viejos del colegio, animales de peluche y aros de plástico, como no tengas cuidado

—dijo su padre, añadiendo—: doña Pies de Radar.

Ramona sonrió.

—Papá, ya estás haciendo el ganso otra vez. Nadie se puede asfixiar con un aro tan grande.

—Nunca se sabe —dijo su padre—. Siempre hay una primera vez.

Ramona y su padre se llevaron mejor durante una temporada después de aquello, hasta una tarde horrible en que Ramona llegó del colegio y se encontró a su padre cerrando las ventanas del salón, que habían estado abiertas de par en par, a pesar de que hacía viento y frío. El cuarto olía ligeramente a tabaco.

—Mira, ahí va Enrique corriendo por la calle —dijo el señor Quimby, de espaldas a Ramona—. Puede que él logre ir a las Olimpiadas, pero lo que es su perro...

—Papá —dijo Ramona.

Su padre se dio la vuelta. Ramona le miró a los ojos:

—¡Has hecho *trampa*!

El señor Quimby cerró la última ventana, y dijo:

—¿De qué estás hablando?

—¡Has fumado y habías *prometido* que

ibas a dejarlo! —dijo Ramona, como si ella fuera la mayor y su padre un niño pequeño.

El señor Quimby se sentó en el sofá y se echó hacia atrás como si estuviera muy, muy cansado, lo que hizo que a Ramona se le pasara un poco la furia.

—Ramona —dijo—, no es tan fácil romper con un hábito de repente. Me he encontrado un cigarrillo, viejo y seco, en el bolsillo de la gabardina, y he pensado que por uno tampoco iba a pasar nada. Pero me lo estoy tomando en serio, de verdad.

Oír a su padre hablando así, como si Ramona fuera una persona mayor, derritió el resto de furia que le quedaba. Se volvió a convertir en una niña de siete años, trepó al sofá y se acurrucó junto a su padre. Después de un momento de silencio, susurró:

—Papá, te quiero mucho.

Él la despeinó cariñosamente y dijo:

—Ya lo sé. Por eso quieres que deje de fumar. Yo también te quiero mucho.

—¿Aunque a veces sea una niña mimada?

—Aunque a veces seas una niña mimada.

Ramona se quedó pensando y luego se sentó muy derecha y dijo:

—Entonces, ¿por qué no podemos ser una familia feliz?

No se sabe por qué, el señor Quimby sonrió.

—Ramona, tengo que darte una noticia —dijo—. *Somos* una familia feliz.

—¿Seguro? —Ramona no parecía muy convencida.

—Sí, seguro —el señor Quimby no tenía ninguna duda—. Las familias no son perfectas. Convéncete de eso. Y las personas tampoco. Lo que pasa es que hay que intentarlo. Como nosotros.

Ramona intentó mover los dedos de los pies dentro de los zapatos y pensó en lo que había dicho su padre. Seguro que la mayoría de los padres no dibujaban con sus hijas pequeñas. Su padre le compraba papel y ceras de colores, cuando tenía dinero. La mayoría de las madres no tendrían cuidado para no pisar un dibujo que ocupaba casi toda la cocina mientras preparaban la cena. Ramona sabía de bastantes madres que se enfadarían y dirían: «Recoge eso. ¿No ves que estoy preparando la cena?» La mayoría de las hermanas mayores no dejarían a su hermana pequeña acompañarlas a hacer una entrevista para un texto libre. Se quedarían con más de la mitad de los ositos de goma, por ser mayores, y...

Ramona decidió que su padre probablemente tenía razón, pero no podía evitar pensar que, si su madre tuviera tiempo para coser un disfraz de oveja, serían una familia más feliz. Ya no quedaba mucho tiempo.

7

Ramona y los Reyes Magos

De repente, unos días antes de Navidad, cuando menos se lo esperaban los Quimby, llamaron al padre de Ramona por teléfono. ¡Ya tenía trabajo! Tenía que ir, el día después de Año Nuevo, a un cursillo de aprendizaje para ser cajero de una cadena de supermercados. El sueldo era bueno, tendría que quedarse a veces algunas horas extra, ¡y quizá algún día llegaría a ser director de un supermercado!

A partir de esa llamada, el señor Quimby dejó de buscar cigarrillos inexistentes y empezó a silbar mientras pasaba la aspiradora y doblaba la ropa que había sacado de la secadora. La señora Quimby dejó de tener gesto de preocupación. Bea tenía un aspecto incluso más tranquilo y sereno. Pero Ramona cometió un error. Le contó a su madre lo de los zapatos apretados. Entonces su madre perdió una tarde comprando zapatos, cuando podía haberla dedicado a coser el disfraz de Ramona. El resultado fue que cuando iban en coche hacia la iglesia, para ver el auto de Navidad, Ramona era el único miembro de la familia que no estaba de buen humor.

El señor Quimby iba cantando mientras conducía:

Tengo una ruedecita girando en el corazón.
Tengo una ruedecita girando en el corazón.

A Ramona le encantaba esa canción porque le recordaba a Javi, al que le gustaban las máquinas. Esta noche, sin embargo, había decidido no hacer caso a las canciones de su padre.

La lluvia caía con fuerza sobre el coche, los faros iluminaban el asfalto, los limpiaparabrisas hacían *plip-plop*. El señor Quimby se echó hacia atrás, cansado, pero relajado. Bea sonrió con su dulce sonrisa de Virgen María, que tanto había desesperado a Ramona durante las tres últimas semanas.

Ramona se puso de morros. En algún si-

tio, por encima de esas nubes frías y mojadas, estaba brillando la misma estrella que había guiado a los Reyes Magos a Belén. En una noche como la de hoy, nunca hubieran llegado.

El señor Quimby siguió cantando:

Noto la alegría desde el corazón...

Ramona interrumpió la canción de su padre.

—Me da igual lo que digáis —estalló—. Como no me parezco nada a una oveja, no hago de oveja, y ya está.

Se arrancó el gorro de toalla blanca y orejas forradas de rosa por dentro que llevaba puesto y se lo metió en el bolsillo del abrigo. Empezó a quitarse los calcetines de su padre que llevaba enrollados en las manos, porque no parecían pezuñas, pero luego decidió que estaban bien para tener las manos calientes. Se movió sobre la cola abultada, hecha de toalla, que llevaba cosida en la parte de atrás del pijama. Ramona no lograba convencerse de que un pijama descolorido, estampado con un ejército de conejos, la mitad de ellos al revés, le daba el aspecto de una oveja, y eso que Ramona tenía mucha imaginación.

A la señora Quimby se le notaba el cansancio en la voz.

—Ramona, anoche me dormí tarde haciéndote la cabeza y la cola, y no pude hacer nada más. Sencillamente, no tengo tiempo para ponerme a coser cosas complicadas.

Ramona ya lo sabía. Su familia llevaba tres semanas diciéndoselo.

—Una oveja tiene que ser peluda —dijo Ramona—. Una oveja no puede tener conejos rosas pintados encima.

—Puedes hacer de oveja esquilada —dijo el señor Quimby, que estaba muy chistoso, ahora que había conseguido trabajo—. O si no, ¿qué tal un lobo disfrazado de oveja?

—Sólo quieres hacerme rabiar —dijo Ramona, incapaz de apreciar el sentido del humor de su padre y convencida de que todos tenían que estar tristes porque ella lo estaba.

—Está agotada —dijo la señora Quimby, como si Ramona no pudiera oírla—. Es difícil esperar a que llegue la Navidad a su edad.

Ramona levantó la voz:

—¡No estoy agotada! Sabéis de sobra que las ovejas no llevan pijama.

—En el mundo del espectáculo, todo vale —dijo el señor Quimby.

—¡Papá! —se horrorizó Bea-María—. ¡Vamos a una iglesia!

—Y además, Ramona —dijo el señor Quimby—, como hubiera dicho mi abuela, «la gente no distingue entre un conejo rosa y un trolebús».

Ramona cogió todavía más manía a la abuela de su padre. Además, nadie iba en trolebús dentro de una iglesia.

Al ver la luz a través de la vidriera de la enorme iglesia de piedra, Ramona se olvidó de sus preocupaciones durante un instante. La ventana estaba preciosa, como si estuviera hecha de joyas.

El señor Quimby encontró un sitio para aparcar.

—¡Tra-la-lá! —dijo mientras apagaba el contacto—. Es tiempo de alegría.

Alegría era lo último que sentía Ramona. Al salir del coche, se encogió dentro de su abrigo para esconder el mayor número posible de conejos. Las ramas negras de los árboles intentaban arañar el cielo, y el viento soplaba con fuerza.

—Ponte derecha —dijo el despiadado padre de Ramona.

—Entonces, me mojo —dijo Ramona—. Puede que coja un catarro, y te arrepentirías.

—Esquiva las gotas al correr —dijo su padre.

—Están demasiado juntas —contestó Ramona.

—Qué pareja —dijo la señora Quimby, soltando una risita mientras salía del coche e intentaba abrir el paraguas a la vez.

—No pienso salir —dijo Ramona, desafiando a su familia de una vez por todas—. Que hagan el auto sin mí.

La respuesta de su padre fue una sorpresa.

—Como tú quieras —dijo—. A nosotros no nos vas a amargar la noche.

La señora Quimby dio a Ramona una palmadita afectuosa en el trasero.

—Venga, ovejita, mueve la cola para que yo te vea —dijo.

Ramona empezó a andar con las piernas rectas, para que no se le moviera la cola.

Al llegar a la iglesia, la familia se separó, y las niñas bajaron al cuarto donde daban clase de religión, en el que había un revuelo de niños hablando sin parar y amontonando abrigos e impermeables encima de las sillas. Ramona se instaló en una esquina, detrás del árbol de Navidad, donde Papá Noel repartiría caramelos después del auto. Se sentó en el suelo, doblando las rodillas y tapándoselas con el abrigo.

A través de las ramas, Ramona vio a los que iban a cantar villancicos poniéndose sus túnicas blancas. Las niñas se ponían, unas a otras, cintas doradas en la cabeza, mientras la señora Russo cazaba a los niños y les ponía cintas doradas a ellos también.

—No pasa nada porque los niños os pongáis una cinta —les aseguraba la señora Russo.

Algunos de ellos parecía que no acababan de creérselo.

Un niño se subió a una silla.

—Soy un ángel. Mirad cómo vuelo —anunció, y saltó de la silla, moviendo frenéticamente las mangas anchas de la túnica.

Todos los que iban a cantar villancicos se convirtieron en ángeles voladores.

Nadie se fijó en Ramona. Todos se estaban divirtiendo demasiado. Los pastores encontraron sus túnicas, que estaban hechas de colchas de algodón viejas. El amigo de Bea, Enrique Dalton, llegó y se puso la túnica oscura que tenía que llevar para hacer de José.

Llegaron las otras dos ovejas. El disfraz acrílico de Javi, con la cremallera en la parte de delante, era tan grueso y peludo como Ramona se esperaba. A Ramona le entraron ganas de acariciar a Javi, su traje era tan suave. El disfraz de franela de Gabi estaba sujeto con imperdibles, y las orejas eran un poco raras. Si la cola hubiera sido más larga, hubiera parecido un gatito, pero no parecía importarle. Los dos niños llevaban manoplas marrones. Gabi, que era una oveja pequeña y delgada, daba saltos para que se le moviera la cola, lo que sorprendió a Ramona. En el colegio siempre era tan tímido. Puede que,

al ir disfrazado de oveja, se sintiera más valiente. Javi, una oveja rechoncha, también movía la cola. «Mis orejas están tan bien como las suyas», se dijo Ramona a sí misma. Empezaba a notar el frío del suelo a través del pijama, que era de tela fina.

—¡Mira las ovejitas! —gritó un ángel—. ¡Qué monada!

—¡Be-e, be-e! —balaron Gabi y Javi.

Ramona estaba deseando ir con ellos, dar saltos, decir «be-e, be-e» y mover la cola también. A lo mejor, los conejos descoloridos no se notaban tanto como ella creía. Se quedó ahí, encogida y desconsolada. Le había dicho a su padre que *no* iba a hacer de oveja, y no se iba a echar atrás ahora. Pensó que ojalá Dios estuviera demasiado ocupado para fijarse en ella, y después cambió de opinión. «Por favor, Dios —rezó Ramona, por si Él estuviera demasiado ocupado para escuchar a una ovejita desconsolada—, yo no quiero ser así de horrible. Me sale sin querer.» Descubrió, de repente, que estaba asustada, porque cuando empezara el auto, se quedaría sola en el sótano de la iglesia. Incluso podían apagar las luces, una idea que le daba miedo, porque aquella enorme iglesia de piedra le producía asombro y temor, y no quería quedarse sola y a oscuras con esa sensación. «Por favor, Dios —rezó Ramona—, sácame de este lío.»

Bea, con una larga túnica azul y un pañuelo blanco por encima de la cabeza, y una manta de niño pequeño y una linterna grande en las manos, encontró a su hermana pequeña.

—Sal, Ramona —la intentó convencer—. Nadie se va a fijar en tu disfraz. Sabes muy bien que madre te hubiera hecho un disfraz entero si hubiera tenido tiempo. No seas mala, por favor.

Ramona movió la cabeza hacia los lados y parpadeó para que no se le saltaran las lágrimas.

—Le he dicho a papá que no voy a salir en el auto, y no voy a salir.

—Bueno, vale, haz lo que te parezca —dijo Bea, olvidándose de actuar como María y abandonando a su hermana pequeña en la miseria.

Ramona moqueó y se secó los ojos con una pezuña. ¿Por qué no venía alguien mayor y la obligaba a ponerse con las otras ovejas? No vino nadie mayor. Nadie parecía acordarse de que tenía que haber tres ovejas, ni siquiera Javi, que jugaba con ella casi todos los días.

Ramona se fijó en el reflejo de su cara, distorsionada sobre una bola de Navidad de color verde. Se quedó atónita al ver que la nariz parecía enorme, la boca y los ojos enrojecidos, diminutos. «De verdad, no soy así —pensó Ramona, desesperada—. Soy una buena persona. Lo que pasa es que nadie me comprende.»

Ramona volvió a enjugarse las lágrimas con una pezuña, y mientras lo hacía, se fijó en tres niñas mayores, tan altas que estarían en octavo seguramente, poniéndose unas túnicas hechas de mejores colchas que las de los pastores. «Qué raro», pensó. En clase de religión no había aprendido nada que tuviera que ver con tres mujeres llevando túnicas largas en la escena del nacimiento. ¿Serían las tías de Jesús?

Una de las niñas estaba cogiendo crema marrón de un botecito y se la estaba poniendo en la cara, extendiéndola mientras otra de las niñas le ponía un espejito delante. La tercera niña, con su propio espejo en la mano, se oscurecía las cejas con un lápiz.

«Maquillaje», pensó Ramona con interés, deseando poder ponérselo. Las niñas se iban turnando para oscurecerse las caras y las cejas. Parecían otras personas. Ramona se puso de rodillas y miró por encima de las ramas más bajas del pino, para ver mejor.

Una de las niñas la vio.

—Hola —dijo—. ¿Qué haces ahí escondida?

—Nada —decía siempre Ramona en estos casos—. ¿Sois las tías de Jesús? —preguntó.

A las niñas les hizo gracia la pregunta.

—No —dijo una de ellas—. Somos los Reyes Magos.

Ramona se quedó perpleja.

—Pero los Reyes Magos eran hombres —dijo.

—Los chicos se han rajado en el último momento —le explicó la niña que tenía las cejas más oscuras—. La señora Russo dice que las mujeres también pueden hacer de Reyes Magos.

A Ramona le pareció buena idea, y le hubiera gustado tener edad suficiente para ser un rey mago, oculta tras el maquillaje para que nadie supiera quién era.

—¿Tú sales en el auto? —preguntó una de las niñas.

—Iba a ser una oveja, pero ya no me apetece —dijo Ramona, aunque ahora sí le apetecía. Sacó su gorro de oveja y se lo puso.

—Qué adorable —dijo uno de los Reyes Magos.

Ramona se quedó sorprendida. Nunca le habían dicho que fuera adorable. Le habían dicho que era lista y revoltosa; pero adorable, nunca. Sonrió, dándose cuenta de que podía inspirar ternura. Puede que las orejas forradas de rosa tuvieran algo que ver.

—¿Por qué no quieres hacer de oveja? —preguntó un rey mago.

A Ramona le entró la inspiración:

—Porque no tengo maquillaje.

—¡Una oveja maquillada! —exclamó un rey mago, soltando una risita.

Ramona insistió.

—Las ovejas tienen la nariz negra —apuntó—. Me gustaría tener la nariz negra.

Las niñas se miraron entre sí.

—No se lo digáis a mi madre —dijo una—, pero yo tengo pintura para las pestañas. Podíamos pintarle la nariz de negro.

—¡Por favor! —suplicó Ramona, poniéndose de pie y saliendo de detrás del árbol de Navidad.

La dueña de la pintura buscó en su bolso, que estaba colgado en una silla, sacó una caja diminuta y dijo:

—Vamos a la cocina, que hay un lavabo.

Ramona la siguió, ella mojó un pincel que parecía para gnomos y lo frotó en la pintura de la caja. Después empezó a ponérselo a Ramona en la nariz. Le hacía cosquillas, pero Ramona se aguantó.

—Es como si me estuviera lavando la nariz, en vez de los dientes —comentó.

El rey mago se echó hacia atrás para contemplar su labor y volvió a dar otra capa de pintura en la nariz de Ramona.

—Ya está —dijo al final—. Ahora pareces una oveja de verdad.

Ramona se sentía como una oveja de verdad.

—Be-e-e —baló como hacían las ovejas para dar las gracias.

Ramona se había puesto tan contenta, que casi era capaz de imaginarse que tenía pelo. Se quitó el abrigo y se dio cuenta de que los conejos rosas y descoloridos casi no se veían con la poca luz que había. Se fue correteando entre los ángeles, a los que les habían dado linternas pequeñas, que tenían que sujetar como si fueran velas. En vez de eso, se las estaban metiendo en la boca para que los demás vieran lo raros que estaban con las mejillas iluminadas. Las otras dos ovejas dejaron de dar saltos al verla.

—No pareces Ramona —dijo Javi.

—Be-e. No soy Ramona. Soy una oveja.

Los niños no dijeron nada del pijama de Ramona. También querían tener la nariz negra, y cuando Ramona les dijo dónde había conseguido la suya, salieron corriendo en busca de los Reyes Magos. Cuando volvieron, ya no parecían Javi y Gabi disfrazados de ovejas. Parecían desconocidos disfrazados de ovejas. «Así que a mí tampoco se me reconoce», pensó Ramona, cada vez más contenta. Ahora podría salir en el auto, y sus padres no lo sabrían porque no la reconocerían.

—¡Be-e-e! —balaron tres ovejas saltarinas con narices negras—. Be-e-e, be-e-e.

La señora Russo dio unas palmadas.

—¡Silencio, todos! —ordenó—. Bien. María y José, por las escaleras de delante. Los pastores y las ovejas, detrás, y después los Reyes Magos. Los ángeles, en fila en la escalera de detrás.

Las tres ovejas se acercaron a los pastores, dando saltos. Uno de ellos dijo:

—Menudo rebaño —y le dio un golpecito a Ramona con el bastón.

—Estáte quieto —dijo Ramona.

—Silencio, todos —dijo la señora Russo.

A Ramona le empezó a latir el corazón, como si fuera a pasar algo emocionante. De puntillas, subió las escaleras y pasó por debajo del arco de la puerta. La única luz que había era la de los candelabros a los lados del presbiterio y la de una farola, que entraba por la vidriera. Ramona nunca había visto la iglesia así de bonita ni de misteriosa.

Bea estaba sentada en un taburete pequeño en el centro del presbiterio, organizando la manta de niño pequeño para que envolviera a la linterna. Enrique se puso detrás de ella. Las ovejas se pusieron a gatas delante de los pastores, y los Reyes Magos a un lado, con botes de sales de baño que parecían tener incienso y mirra de verdad. La estrella eléctrica que estaba colgada encima del órgano empezó a brillar. Bea encendió la linterna que tenía dentro de la manta y su cara quedó iluminada, como un dibujo de María en una tarjeta de Navidad. Por la puerta de atrás, entró la procesión. La encabezaban los ángeles de párvulos de dos en dos, tambaleándose, con sus pequeñas linternas titilando como si fueran velas.

—Oh... —suspiró el público.

—Noche de paz, noche de amor —cantaban los ángeles al avanzar.

No tenían nada que ver con la masa que daba saltos, volaba y se metía linternas en la boca que había visto Ramona abajo. Parecían buenos, serios, y... sagrados.

Ramona notó un escalofrío que le bajaba por la espalda, como si estuviera pasando algo mágico. Levantó la vista hacia Bea, que sonreía tiernamente a la linterna, y parecía como si el Niño Jesús estuviera dentro de la manta de verdad. «Pero bueno —pensó Ramona con asombro—, Bea está muy bien. Parece amable y un poco guapa.» Ramona nunca había considerado a su hermana nada más que eso, una hermana mayor, que siempre conseguía hacer las cosas la primera. De repente, Ramona se sintió orgullosa de Bea. Puede que se pelearan mucho cuando Bea no iba por ahí dándoselas de la Virgen María, pero la verdad es que nunca era odiosa.

A medida que los que cantaban villancicos iban iluminando la iglesia, Ramona descubrió a sus padres en la segunda fila. Sonreían tranquilamente, también orgullosos de Bea. Esto le dio un poco de rabia a Ramona. Como ella llevaba maquillaje, no la iban a reconocer. La confundirían con cualquier otra oveja, y ella no quería ser cualquier otra oveja. Quería ser la oveja de sus padres. Quería que también estuvieran orgullosos de ella.

Ramona vio a su padre desviar la vista de Bea y mirarla directamente a ella. ¿La había reconocido? Sí. El señor Quimby le guiñó un ojo. Ramona se quedó atónita. ¡Guiñar un ojo dentro de una iglesia! ¿Cómo habría sido capaz de hacer una cosa así? Volvió a guiñar un ojo, y esta vez levantó la mano, haciendo un círculo con el dedo gordo y el índice. Ramona lo comprendió. Su padre le estaba diciendo que también estaba orgulloso de ella.

—Alegría, porque ha nacido el Niño en Belén —cantaron los ángeles mientras subían por las escaleras que había a cada lado del presbiterio.

Ramona se llenó de alegría. Las Navidades eran la época más bonita y mágica del año. Sus padres la querían y ella los quería, y a Bea también. En casa había un árbol de Navidad y, debajo, regalos; menos que en otras Navidades, pero regalos al fin y al cabo. Ramona no podía contenerse.

—Be-e-e —baló alegremente.

Notó el roce del bastón por debajo de la

cola y oyó a su pastor susurrando entre
dientes:

—¡Cállate!

Ramona no volvió a balar. Pero movió la
cola.

ÍNDICE

Serie Ramona
en Austral Juvenil 70/91/103/120

RAMONA Y SU PADRE

El padre de Ramona acaba de perder su empleo
y fuma sin parar. A Ramona le preocupa
mucho y quisiera ayudarle, pero sus ideas
no tienen éxito y complican todo aún más.
Al final descubrirá que,
a pesar de todo, son una familia feliz.

Medalla Newbery, 1978

RAMONA EMPIEZA EL CURSO

Cuando Ramona empieza el curso todo
le desconcierta: va a un colegio donde no conoce
a nadie, tiene que soportar
las gamberradas de un chico de su clase
y le ocurren cosas de lo más sorprendente.

RAMONA Y SU MADRE

A pesar de la extraordinaria relación que Ramona
tiene con su madre, llega a la terrible conclusión
de que nadie la quiere y decide marcharse de casa.
Finalmente todo se aclarará
y Ramona, una vez más,
habrá resuelto sus conflictos con los adultos.